生死X緣

梁科慶
陳嘉薰

Q版特工 x 嘉薰醫生：生死X緣
作者／梁科慶　陳嘉薰
總編輯／馬鎮梅
責任編輯／王心靈
文稿審校／楊碧瑤
美術設計／blacktony
出版發行／突破出版社
香港沙田亞公角山路33號突破青年村
電話：2632 0000　傳真：2632 0388
電郵：breakthrough@breakthrough.org.hk
網址：http://www.breakthrough.org.hk
http://www.btproduct.com
承印／陽光印刷製本廠
2008年10月初版1刷
2010年10月初版3刷

The Secret Agent x Dr Gavin: The Antidote of Toxin X
by Leung For-hing, Gavin Chan
First Printing, First Edition, October 2008
Third Printing, First Edition, October 2010

ISBN 978-962-8996-15-5

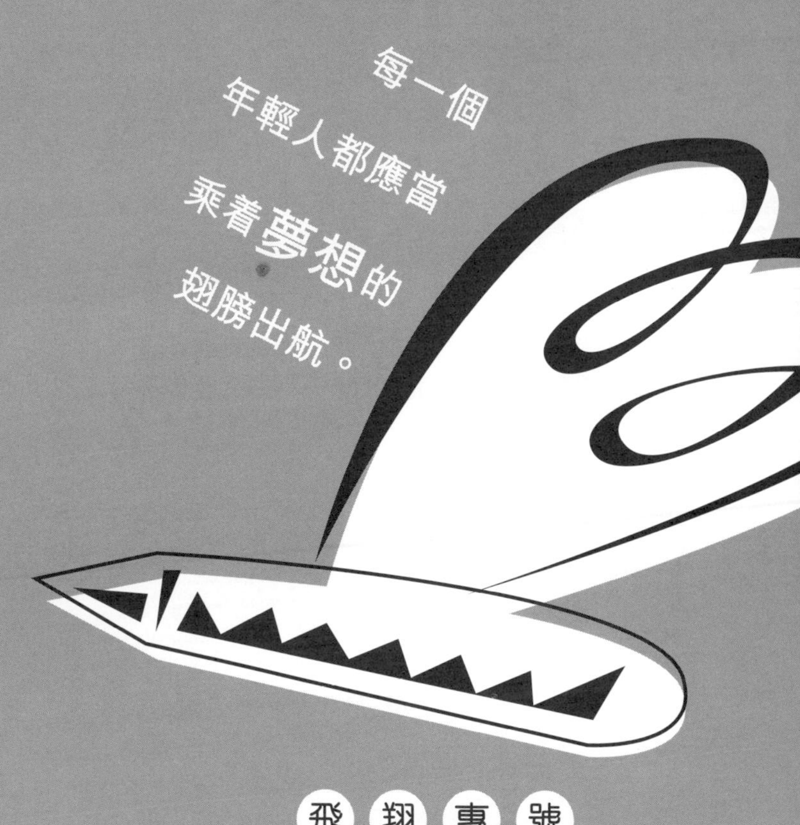

飛翔專號

目錄

序 陳嘉薰
> 6

1 奪命物質X
嘉薰醫生放下「死人」，急治活友人！
> 10

2 那些年的情仇
金大芝殺掉他的最愛，他竟救了她的最愛！
> 38

3 病榻重逢
阿Wing在夢中想起誰？
> 78

4 抗毒血清
友好瀕死，自身難保……
> 102

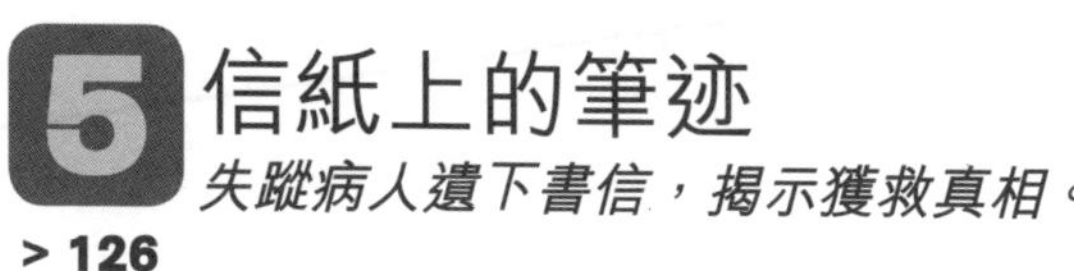
5 信紙上的筆迹
失蹤病人遺下書信，揭示獲救真相。
> 126

跋 梁科慶
> 146

序 有緣相遇

陳嘉薰

創作，是一件快樂的事；和梁科慶合力創作「Q版特工x嘉薰醫生」的故事，更是一件賞心樂事。

「Q版特工 x 嘉薰醫生」的構思，始於好些年前，那時我正盤算「嘉薰醫生」系列創作的方向，編輯見青少年讀者跟阿Wing和嘉薰醫生兩個小說人物神交已久，建議來一次crossover，讓嘉薰醫生和阿Wing相遇，看看有沒有發展空間，也搞搞新意思。

這是一個好提議，我也着手研究了好一陣子。不過，最後感到時機不成熟，便拒絕了。

當時嘉薰醫生探案，情節建基於現實，凡事實事求是；阿Wing 則天馬行空，不受拘束，詼諧多變，故事的鋪排和風格很不一樣，要「撮合」兩個角色，有點困難。況且那時候我和科慶並不熟稔，既不清楚對方的創作習慣，也沒甚默契，貿然合作，存在許多未知數。

直到2003年，我應邀給科慶的《前傳：誤闖間諜網》寫序。

我刻意編了一個小故事〈當嘉薰醫生遇上特工阿Wing〉，內容涉及一宗「命案」：嘉薰醫生去查案，卻查到阿Wing的頭上。這是第一篇「Q版特工 x 嘉薰醫生」的故事，現在回想，彷彿預示了今天的可行性。

雖然這故事文字不多，有讀者表示寫得不錯，向我建議循這方面多寫一點。但要兩個有創作喜好和習慣的作者走在一起，像玩「二人三足」似的合寫故事，始終是一件不容易協調的事。

這些年間，在出版社、學校和個別機構的安排下，我和科慶合作主持講座，一起擔任徵文比賽評判，見面機會多了，彼此認識加深，建立了友情，視對方為寫作路上的夥伴。適逢「Q版特工」和「嘉薰醫生」系列出版快將踏入第一個十年，編輯舊事重提，希望我和科慶考慮讓筆下的兩大人物「重遇」，合著一本書，以慶祝阿Wing和嘉薰醫生誕生十周年。

這時，我認為時機成熟。嘉薰醫生在《三重隱形殺手》已遇上「虛擬」人物，與外國漫畫小說的經典角色來了趟crossover；跟阿Wing碰頭便變得順理成章，不會突兀；加上阿

Wing身邊也出現了不少有趣的人，可以利用他們把阿Wing和嘉薰醫生的生命線串連起來。事情一拍即合。

誠然，當中出現的問題不少，例如：用什麼形式寫故事？如何撮合嘉薰醫生和阿Wing，讓他們「接軌」？怎樣糅合法醫探案和特工飛簷走壁的動作場面？我們除了討論，也要做資料搜集，重讀對方的故事，了解人物。寫出來的東西，要互相信任批改，我注重醫學知識，他加進想像空間，來來回回地把彼此的情節增刪，各人負責不同部分，再整合融和。

說來頗覺事情艱巨，但這書由構思、起稿、磨合到完成，竟出乎意料地順利，令我們喜出望外。和科慶合作，叫我很放心，他總有神來之筆；書中許多情節，也在不經意間呼應、接合，不但豐富了故事的血肉，更展現了演繹的多元性。

兩人合寫故事，教我發現創作的天地，原來真的很遼闊，可跨越兩個系列的框框！原來1+1的效果，可以大於2。這趟創作的經驗太有趣、太寶貴了！

嘉薰醫生電郵，歡迎聯絡：

drgavinfile@yahoo.com

1
奪命物質X

嘉薰醫生放下「死人」，急治活友人！

1

「咯咯——」嘉薰醫生敲了實驗室側門幾下，推門而進。

楚醫生正聚精會神地把吸管內的液體，注入試管。實驗室一邊的長桌上，放置着一排透明膠箱子，白老鼠在內來回竄動碰撞，急促的站起又伏下，像在驚恐地等待命運的擺佈。

這位楚醫生是毒理專家，專治中毒的奇難雜症。還沒四十歲的他髮線後移，額端發亮，頭頂漸禿，頭顱兩側稀疏地長着凌亂的雜草。他架着一副黑框眼鏡，看上去比真實年齡大，有些像五十多歲的愛因斯坦，説話滿有權威。

「嘉薰醫生，你記得把它們帶來嗎？」「愛因斯坦」背着嘉薰醫生問。他能從叩門的次數、力度輕重與節奏，猜出來者何人。這一點，嘉薰醫生早已見怪不怪。

愛因斯坦正進行實驗，明顯關心的卻是另一個問題——壓在他頭上的切身問題。

嘉薰醫生在背後笑了一笑，愛因斯坦還是到處搜羅不脱髮的護理產品，永不放棄。嘉薰醫生掏出兩個瓶子，洗髮水和護髮素各一，放在桌上，問：「怎樣了？有眉目嗎？」他關心的是研究阿Wing體內毒素的進展。

「還不知道⋯⋯很棘手。『苗疆蠱毒』到底是什麼？」愛因斯坦歎了一口氣，仍舊沒有回頭。

「連中招的毒物也不清楚，要醫治就更困難了。」嘉薰醫生無奈地説。

「醫生並不能治好所有的病。例如我的頭髮快掉光了，還不是在乾等！」愛因斯坦坐直身子，隨意舒展頭頸肩膀，鬆弛肌肉，長時間埋頭苦幹，難免頸痠膊痛。他這才留意到嘉薰醫生身穿T恤、球鞋、牛仔褲，腳邊還放着一個小背包，便問：「下班往哪兒去？郊遊嗎？」他用食指搔抓了頭頂幾下，這小動作又抖落了幾根青絲。

「我約了雯往大嶼山。」

「節目不錯啊！」愛因斯坦站起來，「年輕人應該多抽空陪伴女朋友，及時行樂。」

「你也年輕呢！」嘉薰醫生提醒道。

「年輕？頭髮都脱光了！頭一禿，對女孩子的吸引力就沒了。」愛因斯坦失笑，他還很着緊這「壓在他頭上的切身問題」，然而話題一轉，他又説：「你來看看。」

愛因斯坦帶嘉薰醫生來到一台電腦前，輸入密碼，開啟檔案。屏幕播出一段影片：鏡頭下幾百個活細胞，在培植溶劑中左右震動；接着，一根幼小的吸管移近細胞，滴下液體。不一會，這些細胞凝結起來，像垃圾桶裏一團團揉縐的紙，聚成一塊兒就靜止了。

楚醫生解釋説：「吸管裏的是『物質X』。」對於不知名的苗疆蠱毒，他稱之為「物質X」。

嘉薰醫生皺眉，道：「細胞都死了。『它』的毒性很高！」

「至少它不會像病毒般，藉空氣或日常接觸傳播。」

「吱吱——」

楚醫生向最遠的透明膠箱子看去，裏面的老鼠邊掙扎時發出淒厲的叫聲，不消一會即倒下去，抽搐幾下就奄奄一息，一動也不動。

他走近，打開箱子，伸手掏出一隻剛死去的老鼠，拋出；扔到半空的老鼠沿着一彎拋物線，跌入嘉薰醫生手中。

「輪到你了。」楚醫生抖抖眉毛，笑説。

嘉薰醫生掂着老鼠尾巴，稍稍提起，老鼠直直的垂在眼前，是解剖、研究病理的時候了。不知物質X對器官會造成什麼病變？是什麼導致老鼠死亡？他把老鼠放在桌上，作了記錄：「接受注射兩週後。」

嘉薰醫生一怔——阿Wing逃離醫院，屈指一算，也正好兩週了。

夜裏一時的葵涌警署報案室內，pc2017剛完成手上的工作，抽空到茶水間調了三杯咖啡：一杯給自己，一杯給夥伴pc1234，另一杯給上司彭沙展。

年過五十的彭沙展，沒一般中年男人的脱髮煩惱，頭上的煩惱絲相當濃密。他昨天還光顧髮型屋，把一頭花髮染黑，令自己看起來更年輕。三年前，彭沙展開始積極籌措退休大計，昔日上街追賊、破案立功的雄心壯志，早隨日漸下降的勇氣和體力，消磨淨盡。如今，他只求無風無浪地度過最後的兩年，順利退休「食長糧」，到時兒子大學畢業，他便可了無牽掛地與老妻安享晚年。

「沙展，這是你的咖啡，多奶少糖。」pc2017把咖啡放在彭沙展的辦公桌上。

「噢，謝謝。」彭沙展隨手掀開案頭一份舊檔案，假裝忙碌，雙眼則瞟着文件，不甚了了地問：「你們那邊怎樣？忙不忙？工夫應付得來嗎？」

「今晚頗為清靜，不算忙。」pc2017答道。

「那就好了。最好沒人報警，這才表示天下太平。」

「對，對。」pc2017端着咖啡返回報案櫃枱，邊走邊對pc1234説：「聽其他環頭的同僚説，最近有一怪人……」

「世事無奇不有，怪人周遭都是。」彭沙展呷了一口咖啡，自言自語。他轉身面對窗子，用指頭按下一片百葉簾，抬眼看見彎彎的黃月，薄薄的貼在黑茫茫的夜空中，浮雲冉冉悠悠地飄過——夜，深而平靜。

彭沙展斜斜的向上看，視線正好對着警署天台的無線電杆，而電杆看似穿過了那彎新月，使他聯想到拿着叉子燒雞翼。

pc1234在那邊嚷道：「不信，不信，太誇張了。所謂『以訛傳訛』，傳聞這回事不免加鹽添醋，不能盡信……」

「很久沒跟他們吃燒雞翼、喝啤酒了。」彭沙展再喝一口咖啡，揉一下被粗腰帶勒緊的肚皮，心裏盤算着：「吩咐pc1234牽頭，下星期日搞一次携眷出席的沙灘燒烤會，讓大夥兒樂一樂……」

「喂！你們……幹什麼？」身後傳來pc1234訝異的聲音。

彭沙展回身看個究竟，也給嚇了一跳，不覺嗆咳一聲，幾乎給咖啡嗆塞着。

一名架着墨鏡的青年手牽鐵鍊，一臉冷峻地步進報案室。他手中的鐵鍊，捆綁成串一連六個漢子，像街市小販賣的田雞。

彭沙展放下咖啡杯，快步走向報案櫃枱。

六個漢子給墨鏡青年帶到報案櫃枱前面，一字排開。

pc1234再問：「你是什麼人？為什麼綁起他們？」

墨鏡青年不吭一聲地甩掉鐵鍊，逕自坐在一旁，從口袋裏摸出一包鹹脆花生，輕易拋了一顆進口裏，一派悠閒地咀嚼着。

「你們是什麼人？為什麼給他綁着帶來警署？」彭沙展打量着眼前六個獐頭鼠目的漢子，一看便知並非善類。他們有的苦口苦臉，有的怒容滿臉，看來都是被迫就範。然而，墨鏡青年沒可能獨力制伏六人，彭沙展猜他另有同謀。

六人並不答話。

「颼——」一顆花生看似不經意地從墨鏡青年指尖彈出，打中靠左邊那漢子的側額，那人吃痛，「哇」地怪叫一聲，極不情願地說：「我是『飛天老鼠』，年初山頂白加道七間豪宅的連環爆竊案，是老子幹的。」

pc2017聞言，不禁張大嘴巴。

「我是『刀疤四』，職業殺手，跑馬地、摩星嶺、長沙灣三宗命案的通緝犯。」飛天老鼠身旁的漢子接着說。

pc2017的嘴巴張得更大。

「我是『屯門虎』，大前年的土瓜灣打金工場劫案、去年的觀塘銀行劫案、今年的佐敦道金舖劫案，統統是我所為。」

pc1234喃喃地道：「那傳聞…… 果然是真的……」

「我是汪大海，專做走私販毒的勾當。」

「我是『姑爺高』，操控妓女為業，在上海街經營色情生意。」

「我叫張有禮，欠交違例泊車罰款。」靠右邊站的漢子小聲地道。

pc2017合上嘴巴，瞥一眼墨鏡青年，意謂欠交罰款乃小案件，幹嗎小題大做？

墨鏡青年忽地彈出另一顆花生，擊中張有禮的腿彎。張有禮「咚」地跪在地上，喊道：「哎喲！很痛，我說我說…… 請高抬貴手。我曾經在互聯網發放2,784張兒童色情照片，也有干犯刑事罪行。」

張有禮招供完畢，再沒人發言。眾犯人沉默不語，警員面面相覷，報案室內一片死寂。

「鈴……」桌面的電話響得分外嘹亮。

pc2017 回過神來，忙亂地拾起話筒，顫聲應道：「喂，葵涌…… 警署報…… 案室……」

彭沙展漸漸恢復正常反應，吩咐pc1234道：「這些都是重犯，快打電話到CID房，叫他們派人過來落案。」

「Yes, Sir.」pc1234立即照辦。

彭沙展也打電話知會上司，忙了一陣子再回頭，但見椅子空空如也，旁邊的地板上，遺下一個空的鹹脆花生包裝袋，墨鏡青年早已不知所終。彭沙展回想，墨鏡青年面容瘦削、憔悴，鬍子幾天沒刮，身上的破牛仔褲皺巴巴的，襯衣的胸口沾有一小灘茄汁污漬，若非他剛露了一手準繩的彈指功夫，光是那副落泊寒酸相，難以令人相信他的身手了得。

「莫非就是此人……」彭沙展瞪着空椅子和空花生袋，想起兩件事。第一件，這半個月來，其他警區流傳着一則小道消息：一名身分不明的青年，不分晝夜，不分地區，把一批又一批的罪犯押到警署或交給巡邏警員，事後不辭而別，來無蹤，去無跡。

第二件，大約一星期前，彭沙展接到舊上司的電話。那位舊上司是警界的傳奇人物，他當警察二十年，頭十九年渾渾噩噩，第二十年竟搖身變成破案率奇高的中年幹探，一年之內連升七級；後來更提早退休，江湖傳聞，他被國際祕密組織高薪挖角。昨天，舊上司跟彭沙展寒暄幾句後，含糊地説着他有一個年輕朋友最近經常進出警署，如果遇見此人，請通知一聲。

彭沙展當時聽得一頭霧水，不明白舊上司説什麼；此刻把傳聞和今晚的事拼湊在一起，才恍然大悟，立即從口袋裏取出手提電話。

2

漆黑的天空閃着星光，一彎明月高懸。嘉薰醫生和雯都在想：明早的日出一定很美。

同樣的夜空繁星明亮，同樣的天氣，那已是十多年前的事了——那時他在唸醫學院二年級，還未認識雯，身邊的是Gigi。

嘉薰醫生一路走向鳳凰山腳，重踏過往的一段路。往事如煙，但這夜對嘉薰醫生來說，並不如煙，它更像聚攏的雲霧，向他擠擁過來。

子夜一時多，鳳凰山腳疏落地駐了十多人，或架起帳篷，或鋪上報紙作蓆。他們有的睡去，有的小聲交談，等待大清早登山觀日出。

嘉薰醫生和雯選了一處安靜的角落，打開蓆子，靠着樹幹盤膝而坐。嘉薰醫生看看手錶，大抵還可以睡它三小時，才「攻頂」觀日。

這是嘉薰醫生第二趟來鳳凰山觀日出，面對一樣的夜空，一樣的山，一樣的月亮，想不到連身旁的人說的話也一樣：「嘉薰，我睡不着，你給我說故事吧。」

雯款款地請求，嘉薰醫生這才明白，女人睡不着時，都愛聽故事。

他凝望着雯，把身子挪移一下，讓她緊挨着肩膀。雯合上眼睛，不知在等待故事，還是準備睡覺。

「睡不着的人要數綿羊，你給我說一個關於羊的故事吧。」雯對睡前的故事也有要求。

嘉薰醫生想了想，説：「好吧，這是一個關於尋羊的故事。」

「嗯——」

「從前，有一個牧羊女孩上山放羊，她有一百頭羊。黃昏時，她把羊趕回棚圈，才發現少了一頭。」

「你在講《聖經》迷羊的故事！」雯睜開眼睛抗議。按這則迷羊的比喻，牧羊人若在曠野遺失了一頭羊，他會不惜撇下其餘的九十九頭，去尋找失喪的羊；找到了就歡歡喜喜地把牠扛在肩上帶回家，比喻上帝不願失去任何一個靈魂。用這個作睡前故事，雯當然不願「收貨」。

「噓，聽故事就別打岔。」嘉薰醫生把食指按在嘴唇上，示意要她安靜聽下去。

「嗯——」雯的喉嚨支吾一聲，算是答應了。

「牧羊女孩再數一遍，確定少了一頭，她很害怕主人責罵，說不定還會捱打捱餓，甚至被扣去整個月的工錢呢！想着，她焦灼不已，就跑上山尋羊去。」

雯默然靠在嘉薰醫生的肩膀上。

「她找了很久，哪有羊的蹤影？天色漸漸昏暗，牧羊女孩看見前面有一牧童在趕羊，就馬上奔向他，繪影繪聲地問：『請問你看見一頭小羊嗎？牠的毛才剪了一半，尾巴短了一截，走起路來一瘸一拐的。』

「牧童打量着眼前漂亮的女孩，想了一會，答：『我見過，也知道牠在哪裏！』

「女孩高興不已，急忙向他請求：『你能告訴我嗎？』

「牧童露出一絲詭譎的神色，『你想知道？告訴你也行，但我有一個條件。』

「女孩猶豫起來，但一想到主人發怒的樣子，和自己淒涼辛酸的景況，就什麼也顧不得了，二話不說答應了牧童。」

「糟糕！」雯驀地半張開惺忪睡眼，輕聲道。她還沒有入睡。

嘉薰醫生輕拍她一下，說下去：「女孩閉上眼睛，牧童吻了她面頰一下，便説小羊往山腳方向跑去了。女孩馬上朝指頭的方向跑，她找呀找，始終找不到羊。她很懊惱，有一種被騙的感覺。天愈來愈黑，月亮快要出來了，要是再找不到羊，她就要捱打了，牧羊女想到這裏便哭了起來。

「正感徬徨之際，另一個牧童走近，問她是否需要幫忙。她哭喪着臉問：『請問你有沒有見過一頭毛剪了一半、走路一拐一拐的小羊？』

「『噢，有啊！』牧童篤定地回答。

「女孩料想不到，這刻竟有人見過她的小羊！她隨即破涕為笑，問牧童羊的位置。

「牧童竟又露出詭譎的神色，說：『你想知道？告訴你也行，但我有一個條件。』

「女孩眼見月亮升上來了，尋羊要緊，便把眼睛閉上 —— 牧羊童又輕吻了她的面頰。

「於是，她再次順着指頭的方向尋找。哪裏有羊？天已黑了，女孩萬分沮喪，淚水簌簌地流下 —— 走失了羊，還讓兩個牧童佔了便宜，真是賠了夫人又折兵。

「可是，醜婦終須見家翁，她窸窸窣窣地回到主人家，經過羊棚——你猜她看到什麼？那隻小羊竟在欄柵裏！」嘉薰醫生偷看雯一眼。

嘉薰醫生悄聲問：「你猜，為什麼呢？」

雯沒有回應。

嘉薰醫生頓了一頓，輕聲再問：「為什麼呢？」

雯的頭低垂，依偎着他，呼吸均勻，這故事果然叫她睡着了。

故事的發展，嘉薰醫生不用再費唇舌——

「你猜，為什麼呢？」

「羊自己跑回家了！」聽故事的人回答。

「不對！」

「有人發現迷羊，送牠回來！」

「不對！」

「牧羊女孩當初數錯了，小羊根本沒有走失！」

「不對！」

「那到底是為什麼啊？」

這時講故事的人露出一絲詭譎神色，說：「你想知道嗎？告訴你也行，但我有一個條件。」然後便可以——

而現在，嘉薰醫生輕吻了雯的額頭，讓她躺下，並把外套給她披上。雯抖動身子一下，瑟縮酣睡去了。

嘉薰醫生並不睏，凝視着雯良久，坐起來，抖抖衣服上的草屑，思緒也不由盪漾開去……

仍舊是這座山、這片天與地，叫他想起Gigi。故事中的迷羊回來了，Gigi卻像一頭走失的羊，自大學二年級的暑期一別，從此杳無音信，在世界上消失了似的。

嘉薰醫生曾打聽她的下落，有人說她已離開中國，有人說她到歐洲流浪去了，更有人相信她遇上歹徒，遭到不測，但種種可能統統得不到證實。總之，Gigi謎一樣地銷聲匿跡。

他倆曾是最要好的朋友，然而不見十多年，在腦海中她的輪廓漸漸變得模糊，連她臉頰有一個，還是兩個酒窩也不肯定。時間是多可怕的過濾網，把許多事物都分隔出來，叫人對着澄明的濾水，理不清昔日的面容。

只是今夜，嘉薰醫生不經意地打開了濾水器，叫殘存的回憶像幽靈般一下子竄逃出來。

那個晚上，Gigi的一雙眼睛比天上的星更明亮，他倆背靠着背，談着各自的過去：在什麼環境生活，遇上什麼悲歡離合，有什麼磨練與挫折，以及在醫學院的艱辛等，像聽着一則則動人的樂章，彼此觸動了一遍又一遍；至於更遙遠的將來，則如頭上無垠的星海，漂亮且恒久。青春盛載着熾熱的夢想，叫人以為美好的人和事，將從那夜一直延伸到永遠……

長夜漫漫，思潮起伏，嘉薰醫生隨意撿起一截樹枝，在沙地上胡亂地畫着，不料竟畫了一個「十」字 —— 這符號使他怔住了。他又想起Gigi，嗯，怎麼這夜的事都與她有關？

那早，他和Gigi看罷日出，回程路上，Gigi在鳳凰山山腰摔了一跤，膝蓋流了很多血。嘉薰手忙腳亂，用手帕為她包紮好傷口，然後抱她直跑到幾百米外的計程車站，把她送到醫院去。他還記得當時自己緊張兮兮，和Gigi哭喪着臉打破傷風針的模樣。

Gigi看見他憂心忡忡，噗哧地笑了出來，「看你，打針的又不是你，怎麼比我還痛苦？」嘉薰搔頭傻笑，始終說不出一句「我心疼」。

後來，Gigi膝蓋的傷口結了疤，疤痕像極英文字母「X」。每次談起這疤痕，Gigi都發嬌嗔：「看，你怎包傷口的？技術多不濟，害我破相了！你怎賠償我？」她儘管嘴裏這樣說，心裏卻是甜絲絲的。

嘉薰笑着回敬：「這『X』其實是個『十』字，又是符號『加』（嘉），代表我嘉薰。你擅用我的名字到處招搖，這又怎計算？」「你的名字很香不？我惜肉如金，才不會到處暴露膝蓋……」兩人雖然沒有明說，但心裏都覺得這「烙印」很有意思。

嘉薰醫生仰望黑漆漆的夜空、一顆顆的星星，以往的片段逐漸浮現眼前。

一對情侶在不遠處依偎着，嘉薰醫生聽見女的問：「你今晚吃了藥沒有？」「出門前吃了。」男的輕聲回答。「算你吧！以後要聽話，記得準時吃藥，對症下藥，才能治好肩痛，知不知道？」「知道，別叫你擔心嘛。」

吃藥？對症下藥？嘉薰醫生馬上想到特工阿Wing。阿Wing身患惡疾，病情反覆，不知道這刻怎樣了？他逃離醫院一段時間，狀況還好嗎？真不能掉以輕心，他的病情可能隨時急轉直下，看來得盡快叫他回來檢查。唉，他體內的計時炸彈，該如何拆解呢？有苗疆蠱毒這回事嗎？真要再和毒理醫生討論一下。這種毒，真難解！

明早無論如何也得上醫院一趟，為阿Wing的抽血報告、掃描和磁力共振的結果作出分析，還要為老鼠的實驗來個總結。

山腳的人都睡了，除了風吹草動和樹葉的沙沙聲，就是昆蟲的鳴叫，像要給嘉薰醫生通風報信 —— 叢林另一邊，有一身影正蠢蠢欲動……

3

夜裏一時三十分，葵涌警署附近的葵富路，店舖外面的捲閘全都暗沉沉地放下，街上沒路人，也沒車輛駛過，四周一片冷清。墨鏡青年背靠人行道上的燈柱，緩緩曲膝坐下，吃力地喘氣。他感到暈眩，像被扔進一台巨型的滾筒式洗衣機，眼前景物轉個不停，叫人不僅難以站穩；情況轉壞的時候，還會反胃和嘔吐。

他摘下墨鏡，閉上眼睛，自褲袋裏掏出一個塑膠藥瓶。他的動作很慢、很輕，怕是動作太快，會引致暈眩加劇；動作太大，會打翻藥瓶。他小心翼翼地擰開蓋子，倒出一枚stemetil藥丸，塞進口內，嚥了嚥唾液便吞下。

豆大的汗珠滲出前額，他抱着膝頭，閉目調息，靜靜等待stemetil的藥力生效。夜深如許，夜涼如水，等待甚是磨人。

這時候，除了胡思亂想，他什麼都做不來，只是他也不敢認真思考，認真徒然帶來痛苦，因為他是一個沒將來的人——他的將來或許只有今晚，或許多活幾天。

等候stemetil生效的時間愈來愈長，暈眩的程度愈來愈劇，他心裏明白，體內的毒素正攻擊平衡系統，存活的日子在倒數中。絕望令他迷失，他開始發瘋似地四出捉賊，捉到不會特別高興，沒捉到也不失望。他告訴自己，反正閒着等死，倒不如在死前，對世界多作些貢獻。

「嘰……」一陣馬達聲在街角響起，劃破了黑夜的空寂。

一輛鈴木電單車從轉角進處飄移而出，車手左腳蹬地，雙手敏捷地調整前進方向。「軋」地擺正車頭，他緊盯着坐在地上的青年，加大油門，直衝過去。

此時，stemetil生效！青年清醒過來，他趕不及戴上墨鏡，連忙手抓燈柱，撐地而起，快跑而去。電單車駛至，撞上人行道，攔住青年的去路。青年想要跳開。車手跳下電單車，除掉頭盔，躍過車頭，揮出左掌，按住青年的肩頭，喝道：「別跑！

阿Wing！你有困難，慢慢商量吧。」

「阿漆，你不要阻止我。」阿Wing沉橋旋肩，甩開阿漆。

「且慢。M已通知R，她正趕來。她非常擔心你…… 你好歹見她一面，平心靜氣地談一談。」

「我不想談。我很忙。」阿Wing聽見R前來，更欲逃避。

「你忙什麼？忙捉賊嗎？你又不是蜘蛛俠、蝙蝠俠、鐵甲奇俠…… 壞人那麼多，你能捉多少？」

「能捉多少就多少，你別管我的事！」

「我們自幼相交，我怎能不管？更何況這事關乎你的生死？你現在什麼地方都別想去，除了返回醫院，接受治療。」

阿Wing苦笑一聲，反問：「治療有效嗎？」

「總勝過依賴止暈藥。」阿漆指着阿Wing手中的藥瓶，「嘉薰醫生早已提醒你，必須對症下藥。止暈藥治標不治本，切忌依賴。長期服用會變成濫藥，到時，你的頭暈更難治愈。」

「我還有日子麼？」阿Wing黯然。

阿漆亦黯然。他很想擁着阿Wing痛哭一場，不過，現在不是哭罵的時候，最重要的是把他帶回醫院。阿漆一咬牙，嚴正地說：「你既然不聽從我，那就得罪了。」

「你想動手？好！我們很久沒打架了。」阿Wing躍後，擺開架勢，「來！跟你痛痛快快打一場。」

「喂！你倆站定！別動！」兩名巡邏警員從小街踱出來，看見兩人動手，立刻喝止。

阿Wing機警地閃到阿漆身後。

阿漆面對警員，皺起眉頭，瞇了眼睛，思量如何打發這兩個「程咬金」。

較高的警員喝問：「你們在這裏幹什麼？」

「身分證，拿出來。」較矮的警員木訥地向阿漆張開手掌。

「不用緊張，大家都是同僚。」阿漆打算取出特製的「警察委任證」。

阿漆的身子一動，阿Wing右腳蹬出，從阿漆胯下踢出一記重重的「無影腳」，正中矮警員的腳脛，痛得他蹲下來，淚水直流。

「無影腳」是阿Wing的絕技，出腳如電，無跡可尋，加上光線照明不足，高警員但見阿漆有所動作，同僚便中招倒地，誤以為阿漆襲警。他馬上抽出伸縮警棍，亮出胡椒噴霧，正要拘捕阿漆。

阿漆知道誤會已生，難以三言兩語解釋，遂把心一狠，將錯就錯，迅即打出一式「左右開弓」，兩手左右一拂，打跌高警員的伸縮警棍和胡椒噴霧；再接一招「掃蹚腿」，同樣踢中對方的腳脛，於是高、矮警員一同蹲在人行路上，按着腳脛，痛得赤呼赤呼。

阿漆打發了高矮警員，拍拍雙手，待要再勸勸阿Wing，身後——

「嗟……」

「中計！」阿漆跺腳不迭。

原來，阿Wing借撩撥警員跟阿漆糾纏，趁機跳上阿漆的電單車，踏盡油門，飆上馬路。

「阿Wing ！」阿漆提氣力追，「等一等啊！」

阿Wing充耳不聞，一心只想遠離阿漆、R、以及所有認識他的人。

彎角處，一輛四驅車以高速轉出，阿Wing駕着的電單車恰巧拐彎，於是，電單車與四驅車幾乎迎頭相撞。四驅車司機慌忙煞車，扭動方向盤閃避；阿Wing則抓緊手掣，鎖住輪胎。電單車「軋」地在地上拖出一條墨黑的胎痕。

就在兩車稍頓的剎那，阿Wing看見四驅車司機座上的R，R看見電單車上的阿Wing。

四目交投，兩心同是一酸。

「阿Wing……」R怔忡地瞅着阿Wing。

阿Wing硬起心腸，放開手掣，利落地繞過四驅車，「轟隆隆」地衝出葵涌道，拐彎就不見了。

阿漆奔至，R在車內，他在車外，兩人眼巴巴看着電單車上的阿Wing絕塵而去。

明知危在旦夕，阿Wing要逃要躲，旁人一籌莫展，無從相助。兩人呆在空蕩蕩的深宵街頭，不知與阿Wing還有沒有再見的一天。

R眼眶一熱，別過臉去，流下兩行淚水。

2

那些年的情仇

金大芝殺掉他的最愛，他竟救了她的最愛！

1

破曉時分，經過一夜折騰的阿Wing累了。自再度毒發以來，他的體能大不如前，精神一日不如一日。昨晚逮了六個壞人，又在警署門外逃避阿漆和R，虛耗了不少體力，他得找一處安靜的地方，好好睡一覺。

兩小時前，他刻意在偏僻的地方棄掉阿漆的電單車，改乘的士往公眾停車場，取回自己的車子，轉折地返回兒時居住的鄉村。這地方，只有阿漆知道，但料他不會猜到阿Wing會回去，他只會與一眾特工到阿Wing在港、九、新界、東莞的住處追尋。

這裏最後一戶人家遷離，已是十五年前的事了。

在狹窄的泥濘路上駕駛，沿路村屋坍塌，野草蔓生，滿眼破落荒涼。駛到泥路盡頭，阿Wing把車子泊在一叢羊角拗後面，鎖上車門，慢慢踩着倦怠的步伐，踏上登山小徑。

山野寂靜，野鳥離巢，傳來陣陣雀啼鳥囀，阿Wing在一株老榕樹下停下稍歇。沒有人知道這樹有多老，至少，阿Wing可以肯定它比他年長。他小時候常跟阿漆攀上樹梢，坐在粗椏上納涼。

多年不見，老榕樹依舊枝葉茂密，樹幹粗壯，阿Wing撫摸着粗糙的樹身，它表面的凹凸坑痕，像老人臉上的皺紋，記錄着歲月的風霜。

阿Wing憶起，他曾和阿漆坐在樹上吃豬腸粉。某天，又是在樹上，他抱怨給真生告發沒做數學作業，遭老師打屁股；真生恰巧在樹下走過，他們慌忙躲在枝葉之間。那時，真生長得胖，同學都喚她作「肥妹生」。她自幼立志當警察，作風硬朗正直，老師選她作班長，跟阿Wing這個頑皮男生，經常擦出火花。

自從與R相戀，阿Wing刻意不去想真生，這樣會對R公平一些。現在他避開R，回到童年生活的地方，反而不自覺地想起真生來了。可是，真生，不能想起，一想起他的心就疼。

不僅心疼，他還感到遺憾。真生與他有緣無分，她因救他而中毒，他沒法為她取得解藥，只能無奈地看着她毒發身亡。

至於R，阿Wing感到歉疚，他倆的終局或許同樣有緣無分。她一心一意將終身託付給他，可惜，他辜負了這份錯愛，更令她添愁添亂，加重了抑鬱的病情。面對R，本已乏力的他，變得更乏力，對於R的關懷，她每一滴眼淚、每一聲慰問，都如千斤壓力，叫他感到沉甸甸的。

既已走上絕路，身上的劇毒令羣醫束手，看來，他將帶着這份遺憾和歉疚，孤獨地走到生命盡頭。

早上八時，嘉薰醫生和雯一起下山。雯自行乘坐巴士回家；嘉薰醫生早已向醫院告假一天，卻打算返回醫院，研究阿Wing的病情。

路上的行人不多，他經過郊野公園的山腳，往前面的的士站走去。看見不遠處有個長髮披肩的女子，坐在路肩瑟縮着。她打扮樸素，穿着黑色Gortex襯衣和深褐色Columbia遠足長褲，腳上一雙越野運動鞋沾滿泥濘，看來也是剛下山。

女子臉色蒼白，抱着胳膊顫抖。

嘉薰醫生趨前問她：「小姐，你沒事吧？」

女子沒料到背後有人，像觸電般彈跳起來。她站起，回頭才看了嘉薰醫生一眼，腳一發軟就昏了過去。

嘉薰醫生叫喚她幾聲，見她脈搏呼吸仍在，口唇和舌頭呈乾涸狀，嘴巴張合卻說不出話來，就馬上抱起她，奔向車站。

的士向最近的龍頭醫院飆去，嘉薰醫生回頭，鳳凰山逐漸遠去，旁邊的女子迷迷糊糊的，把頭沉沉地靠在他的肩膀上……

當年，師父在山腰的平地上築了兩間木屋，另闢一塊菜田，過着半隱居的生活。日子雖然閒適自在，與世無爭，但阿Wing和阿漆住不慣這種沒電燈沒風扇沒自來水、燒柴點油燈提燈籠的地方。師父過世後，兩人甚少回來，地方長年沒人料理，早已變成荒地：小木屋房頂破損，四堵板牆塌了兩堵，遍地破木敗瓦。門前的菜田雜草叢生，田壟位置不清。屋旁，師父昔日用竹管搭建的一列水道，自山頂把泉水引至飲用，如今不見一根竹管。

阿Wing沒回來太久了。

還記得小時候，木屋的右側是一塊綠草如茵的山坡，他和阿漆常借練「草上飛」輕功為名，在草坡上東躍西撲，比賽捉蚱蜢。有一次，他們把大袋蚱蜢偷偷塞進真生書包內，待真生在課上打開書包時，成羣蚱蜢突然跳出，把她嚇得大哭一場。

當年他拚命忍着不笑，現在他倒忍不住，淚水在眼眶裏轉動了一圈，慢慢溢出眼角。

阿Wing掏出紙巾，擦擦眼睛。他在大木屋的簷下，找到一張陳舊的躺椅。椅子看來是穩固的，阿Wing用手按它一下，肯定它的確穩固，才安心躺下。

歷盡風吹雨打，木屋的四壁斑駁破損，門倒在一旁，窗只餘一個空框。師父從前喜歡躺在這張木椅上，一邊吃捲煙，一邊用焦黃的指頭劃東點西，教導他們在屋前的空地上紮馬、出拳、劈掌、踢腿。睹物思舊，阿Wing想起一首黃燕萍寫的童詩：

在歲月的入閘處

購買生命的門券

便進入童年的遊樂場

暢遊青春的夢幻城池

踏過中年的睿智建築

跨越老年的豁達堡壘

在死亡的幽谷前

用盡生命的熱情高呼

對世界付出多少力量

時間跟愛的回音

也就有多響亮

為小孩寫的詩句，沁透着陽光般溫暖的愛心，願景美好。然而，這在阿Wing身上卻恰恰成了反面的寫照。

童年的遊樂場，現已變得蕭條。他的青春虛度了，中年、老年早沒指望，死亡的氣味迫近，死蔭的幽谷彷彿就在眼前。

他歪着頭，凝視身旁的一堵板牆，用手試着按壓，木板嘎嘎作響，塵埃掉落。他看不見牆後是什麼，一如他看不見、摸不着那個屬於死亡的世界。

真生臨終前，跟他合唱的詩歌〈與主面對面〉，他還清楚記得歌詞。此刻，他輕輕哼唱：

面對面見基督救主，面對面將要如何？
親見為我受死耶穌，面對面何等快樂。
面對面我與主相見，在那遙遠的青天，
面對面在主榮耀中，將來必見主榮面。

真生告訴他，她死後會去天家，她是滿有把握的。而他，只感到困惑、惶懼，要是他死掉能與真生相見，他願意就此死掉；可是他沒把握再見，而且他尚有一份牽掛——R。

他閉上眼睛，低頭抵住板牆，木板又硬又冷。

聽說以色列有一堵哭牆，那堵由粗礪的石塊堆疊而成的斷牆，也是又硬又冷的。每逢禮拜五，猶太人聚在牆下流淚祈禱，痛哭斷腸。他們為什麼要到那裏哭泣？阿Wing不了解。世上很多事情，他都不了解，或者沒答案。例如，真生為什麼年輕殞歿？他不了解。他為什麼也將要年輕逝去？他更不了解。難道這就是命運？然而，誰掌管他們的命運？

「不公平……」他在心中怒吼，眼淚從緊閉的眼睛潸潸流下，他沒有拭抹，任由淚水在臉上亂爬。

「不公平啊！」他咬着牙，緊握着拳頭重重地擊打板牆。

「喇——」板牆應聲而穿。

「卡…… 喇……」板牆搖晃不定。五分之一秒後，板牆連同屋頂、屋簷應聲塌下，把簷下的阿Wing和木靠椅壓在下面，荒屋頓時塵土飛揚。

屋後的竹林，驚起一羣野鳥。

2

女子在急症室補充葡萄糖水後，面色好轉，不一陣子便醒來了。急症室醫生給她抽過血，就把她轉到病房觀察。

嘉薰醫生獨自吃過早餐，前往辦公室時路經病房，便想巡視一下，看看病人的情況。當來到近大門入口的一個間隔房，不料看到早上在山腳昏倒的女子臥在裏面。

「容惠宜，你的精神不錯呢！現覺得怎樣？」他瞥一眼女病人，拿起護士的記錄，細心閱讀：「血壓和心跳都很好。康復得很快呢！」

惠宜靠在牀上，牀邊懸掛着一瓶葡萄糖水，液體從高處一滴一滴的流進她手腕。這潔白的房間叫她有種說不出的安全感，她真想如藤蔓般攀附其上，感受生命的希望。

「血液報告顯示，你的血糖偏低，才令你昏厥。」嘉薰醫生解釋。

女子聳聳肩，注視着嘉薰醫生白袍上的名牌，靦覥地說：「原來你已是副顧問醫生。」

嘉薰醫生微笑點頭，心裏覺得這句「原來你已是副顧問醫生」有點奇怪，像是對老朋友説的話。他看看病人，再對照她的名字——「容惠宜」——這名字，他可沒印象，面孔也陌生，想她剛才那句話，意思該是「原來你是副顧問醫生，很有經驗吧。」

「下次登山前，記得要進食，並帶備巧克力和食水，免生危險。」嘉薰醫生看了點滴一眼，補充道：「現在你有胃口進食，可以移除點滴了。」他向女子輕輕一笑，就在病歷紙上寫下「off drip」（移去點滴）。

「謝謝你，嘉薰——醫生！」惠宜帶笑的目光沁着感激與深情。這不經意的一瞥，卻在電光石火間，叫嘉薰醫生的心怦然，有一種似曾相識的感覺。

「如果其他報告沒問題的話，住院觀察一晚，明早便可出院。」嘉薰醫生低頭，對着病歷表説話。

「出院？——」女子的語氣一頓，説：「這麼急！不能多留一兩天嗎？」

「病牀緊張啊！醫院病人多，病菌也多，不宜久留呢！」嘉薰醫生奇怪，哪有人喜歡住院？他想了半秒，「唔，這樣吧，我姑且通融一下。如果明天的報告正常，你也可以留下，直到有其他病人需要這病牀為止。好不好？」

女子粲然一笑，向嘉薰醫生滿意地點頭。

「你有家人嗎？我們可以代為聯絡。」

「不！我自己處理便可。」惠宜莞爾。

嘉薰醫生寫下治療方案：「測度血壓心跳改為每天兩次；計劃：如果血液其他報告正常，明日出院。」

「嘉薰——」惠宜頓了半秒，續道：「醫生，明早你會再來，把病情告訴我吧？」

「當然。」嘉薰醫生回答。惠宜瓜子般的臉蛋上，那雙明亮的眼睛好像會説話，不知怎的叫他感覺親切，卻一時想不起在哪裏見過。

「謝謝你，嘉薰醫生！你的病人真多，要多休息保重呀！」惠宜這趟表示她的關心。

這雙如水晶的眼睛，閃爍着依戀與關切…… 對！十多年前和Gigi在機場分別的一刻，Gigi的眼神和當下的惠宜一個模樣；只是惠宜沒有酒窩，嘉薰醫生心內隱然泛起一絲失落。

「嘉薰醫生，你人真好，一定有許多病人讚賞你！」惠宜的話把嘉薰醫生拉回現實。

「哈，你錯了。實不相瞞，我料理過的病人，大多不會答謝我。」嘉薰醫生向她擠了擠眼睛，有意作幽默狀。他指的當然是解剖刀下的「病人」。

惠宜似懂非懂地看着他。

嘉薰醫生把病人檔案插進牀尾的架子內，聽診器放進外袍的左袋，原子筆插進口袋，向護士站的職員禮貌地點點頭，靜靜步出病房。他的表情、舉止看似平靜，但腦海裏思潮起伏，惠宜的一個眼神，令他心緒不寧。……

「那個竹林太邪門了。」一人悻悻然道。

「可不是！我們困在裏面，兜來轉去地搞了一大清早，才覓到出路。」另一人怨道。

「唉！又累又渴又餓，看見這邊有間房子，一心過來討杯清水解渴，殊不知是間破屋。朱師兄，我們夠倒楣了！」先前那人道。

「尹師弟，你把女孩綁在樹下，過來這邊歇一會兒吧。」

「她累得提腿也沒氣力，而且荒山野嶺，諒她也跑不掉，不必拴在樹上了。」

「她？我毫不擔心。我只擔心金吉爽那個婆娘。金吉爽的功夫不壞，這個女孩似乎是她的命根，萬一讓她追蹤上來，我們有女孩在手，她必會投鼠忌器，不敢跟我們硬碰。」

「為了避開她，我們抄山路偷渡過境。我看，她不會猜到我們有此一着。」

「但願如此。」

「朱師兄，我有點不明白，你既然忌憚金吉爽，何故仍要招惹她，還專程往廣州拐走她的女孩？」

「現在既已身在香港，下了山便可見到師父，我不妨告訴你。我們把女孩交給師父，由他老人家出面，藉女孩要挾金吉爽交出《毒經》。若成功，我們便立下大功，師父一定重重有賞，説不定把《毒經》和掌門之位傳給我。嘿嘿……」

「我更糊塗了。我們『五毒門』是用毒大行家，師父怎會希罕什麼《毒經》！」

「尹師弟，你有所不知了。」

「請朱師兄指教。」

「你有聽聞金大芝嗎？」

「不單聽過，還吃過。」

「呸！我説的金大芝，是用毒高手中的高手。我們在五毒門學的只是使用毒藥，而金大芝不單對各種毒藥瞭如指掌，更精於飼養和驅使毒物。江湖傳聞，她身上如毒蠅、蜘蛛、青蛇、蜈蚣、蠍子等毒物，不下十種。」

「嘩！那麼，金大芝和金吉爽的關係是……」

「同門師姊妹。」

「什麼門派？」

「門派的名號不清楚，只知道是北朝鮮的神祕組織，那組織跟平壤政府關係密切。」

「哦，原來是朝鮮人。」

「金大芝是華人，聽說曾學醫，不知怎的後來前往北朝鮮，加入神祕組織，學得一身武功和毒功。由於她受過醫學訓練，人又聰明，所以青出於藍，把毒功發揚光大，還將心得寫成一本《毒經》。」

「朱師兄，我們快逃吧！金大芝如此厲害，要是讓她追上來，我們必死無疑。」

「你大可放心，金大芝已死。《毒經》落在金吉爽手上，而她的資質遠遠及不上金大芝。這人雖是承繼了《毒經》，但因讀不通透，得物無所用，這趟倒不如給我們研究研究吧！」

「這女孩是金吉爽什麼人？」

「我不知道她是誰，一路上，她一聲不吭，說不定還是啞巴。不過，你在廣州也瞧見金吉爽對她呵護備至，按年紀估計，她多半是金吉爽的女兒。有她在手，金吉爽一定就範。」

「這女孩長得頗標致。要是金吉爽不肯交出《毒經》，我們把她賣給上海街的姑爺高吧。嘻嘻…… 姑爺高那傢伙最喜歡青春少艾，她可以賣個好價錢……」

朱、尹兩人以為荒山破屋，左右沒人，愈説愈放肆。他們做夢也想不到這番對話，阿Wing聲聲入耳。

阿Wing在哪兒？他被塌下的屋簷埋着。

此刻的他意志消沉，身心疲乏，想到爬出來與不爬出來的景況一樣淒涼，便乾脆躺在瓦礫之下。他聽見兩人被困屋後的竹林，起初也不以為然，因為竹林是師父仿照諸葛武侯的八陣圖布置，縱使日久失修，仍保留幾分威力，不懂五行術數之人困在裏面，不足為奇。後來，兩人談到金大芝，阿Wing心頭一凜。

金大芝雖已死去多年，他和她的恩怨至今未了，這趟竟還沒來由地遇上一個跟她有點關連的女孩。細聽之下，朱、尹兩人分明是壞蛋，對付壞蛋不就是阿Wing的任務嗎？瓦礫以外，正有個可憐的女孩要他來搭救。不管她跟金大芝有何關係，救人乃當務之急，他不能躲在瓦礫下蹉跎。想到這點，阿Wing抖起精神，兩掌向上猛推，把壓在身上的破木碎瓦轟然震開。

3

嘉薰醫生在辦公室，把阿Wing的病歷表和檢查報告詳細閱讀了一遍，覺得有點累，就到茶水間。他在桌上放了一杯熱水，把一包「二合一」即溶咖啡沖劑倒進杯內。昨晚登鳳凰山沒睡好，今早又得巡視病房，狀態不佳，他得調一杯咖啡提神。

嘉薰醫生飲用咖啡的習慣，始於大學三年級那年。每逢考試，他總會「臨急抱佛腳」溫習，灌下兩杯咖啡，把睡意壓下去。不過當上醫生後，他不能不留意咖啡因叫自己心跳加速的副作用，於是只能偶然喝一杯。

嘉薰醫生用小匙攪拌着咖啡，茶水間瀰漫着濃香，喚起塵封了的記憶……

醫學院的課程艱辛，一向惡勞的嘉薰故態復萌，又無心向學了。要他整天安坐圖書館，把屁股釘在椅子上，他會覺得委屈，有種受役受困的悲涼，他壓根兒認為自己不屬於醫學世界。

大學一年級的蜜月期晃眼而過，當人人都懷疑嘉薰的能力時，他也沒料到竟能僥倖升上二年級；而更叫他意想不到的，在二年級的某一堂生理課上。

那天，教授在堂上滔滔不絕的解構人體的荷爾蒙，授課的聲音卻在嘉薰的耳朵化為夏日嗡嗡的催眠符，叫他睏得呵欠連連，正要伏案打盹。這時，他漫不經心地往右一瞥，竟「發現」了正低頭抄寫筆記的Gigi。

Gigi這女孩，他是認識的。在大學迎新的O' Camp、學習小組、功課討論、以至學系旅行，嘉薰都曾和她交談。他們是同班同學，是朋友，這點他清楚得很。不過，當他這一刻看着Gigi抿着嘴巴、專注地抄寫幻燈片上名詞的模樣，嘉薰陡地感到她已不是以前認識的Gigi —— 他忽然給迷住了。

這女子「闖」進了嘉薰的世界，在這一刻以前，她只是一個晃過眼睛就會忘記的朋友；但在這分這秒，Gigi卻叫他的心怦怦亂跳，體內的睾丸酮活躍起來；他的視線就凝在這張清麗的臉上。而當Gigi撥弄頭髮，回眸發現他愣愣地看着自己，亦報以嫣然一笑。

不過下一刻，兩人都把眼神倏地移開，嘉薰轉過臉，Gigi也把頭垂下，兩頰如蘋果般漲紅，誰也瞞不過誰。

就這樣，嘉薰和Gigi同時發現了對方，一切都緣於生理課上的「荷爾蒙作用」。

課後，也因着荷爾蒙作用，嘉薰鼓起勇氣，老套地向Gigi借筆記。Gigi像明白了什麼似的，欣然答應。接着的下午，嘉薰都在圖書館翻看Gigi的筆記，這時他才相信，原來自己也可以長時間對着一本書。只是那一串串艱澀的荷爾蒙名詞，他全都記不牢；筆記上清秀的字體，卻令他如在夢中。

第二天歸還筆記時，嘉薰口齒不清地問：「我借了你的筆記，想請你喝茶吃雪糕。」彆扭得叫Gigi忍俊不禁。

不消說，嘉薰在期考成績再度不理想，要在暑期重考，再不及格的話就要留級。他心灰意冷，考慮應否繼續留在醫學院。

那時候Gigi的母親去世不久，她情緒稍為平復後，決定往內地旅遊散心。

那天在飛機場臨別，Gigi道：「嘉薰，謝謝你為我母親的事奔波。我總覺得是這事令你無法專注學習。下個月補考，別自暴自棄呀！」

嘉薰點頭，把打算退出醫學院的想法，吞回肚子裏。

「我知道你是聰明人，只是未曾用功罷了。你很有法醫頭腦，相信只要努力向這方面發展，日後定有一番作為的。你別叫我失望啊！嘉薰，你一定能夠順利通過考試。即使我在外地，每天都會為你打氣！我回來要看見你的好成績啊！保重，加油！」

Gigi這番話，嘉薰聽得特別窩心，即使心裏感動，口裏卻說：「真囉唆！你出外旅行一個多月而已，怎麼說成生離死別似的！你要好好地散心，回來告訴我旅行的艷遇，我就向你報告考試順利過關的好消息！」

Gigi進入離境大堂，嘉薰滿心不捨，停在閘前，想要擁抱她。只是兩人對望了一會，什麼都沒有發生，嘉薰伸手出去緊握着她，說：「記得寄明信片回來，別忘了我——的手信。」

Gigi點頭，縱有千言萬語，卻不知從何說起。她回眸揮手，晶瑩剔透的眸子訴說着難言的依依。不知怎的，嘉薰有一種不祥的預感，害怕這次一別，難再相見。他目送着Gigi的背影消失在轉角處，渴望她會回頭，可是她沒有。她就這樣離開了。

母親去世，Gigi在香港再沒有親人，朋友一個也不清楚她的下落。嘉薰最後一次收到Gigi的消息，是她自青島寄來的一張明信片。她說那裏的風光明媚，但治安不很好。大家都認為，她在流浪期間遇上歹徒，只有嘉薰不同意。

日子一天天過去，嘉薰等了一年又一年，他沒有忘記Gigi的叮囑，加倍用心地學習。上課時，他還刻意地把書包放在旁邊空位上，心裏說：「Gigi，你坐在這裏，我們一起上課。」即使相隔千里，嘉薰總覺得Gigi就在身邊。

他還把筆記保留下來，把課堂上的趣事記錄下來，待與Gigi分享…… 就這樣，他順利通過往後的考試，完成了大學課程，只是Gigi再看不到脫胎換骨的他。……

嘉薰攪拌着杯子裏的咖啡，金屬與陶器觸碰，發出清脆的叮叮聲。多年沒見，他才想起Gigi的聲音也很清脆。

朱、尹正高談闊論，盤算如何處置女孩，冷不提防附近的破木碎瓦遽然亂飛，嚇得他們慌張地抱頭蹲下，還以為是地震。

木石紛墜，兩人定睛一看，但見一個身影自地土裏躍起。

尹師弟驚叫：「屍變呀！鬼呀！」

阿Wing搖頭、轉腰、跺腳，抖淨身上的塵土。

「別吵。」朱師兄捂住尹師弟的嘴巴，「是人，不是鬼。」

阿Wing踏出破屋，上下打量那被拴在樹下的女孩。女孩大約十二三歲，臉色蒼白，顯然在朱、尹兩人手上吃盡苦頭。儘管如此，她仍流露出倔強、不妥協、不畏懼的神采，一看就知道很能吃苦。阿Wing上前一邊為她解開繩索，一邊罵道：「兩個大漢欺負一個小女孩，羞不羞恥？」

女孩一獲自由，立即拾起地上的木棍，高舉過頭，守在阿Wing身旁，狠狠地瞪着朱、尹兩人。

「我叫阿Wing，你叫什麼名字？」

「金英。」

「喂，臭小子！」朱師兄在那邊喝道：「你三分似人，七分似鬼。我看，你也命不久矣。識趣便快快滾開，不然的話，老子提早送你歸西！」

「廢話少説，兩個一齊上吧。」阿Wing從金英手上取過木棍，低聲説道：「女孩子不准打架啊！」

朱、尹彼此交換眼色，一人跳左，一人躍右，望阿Wing的胸膛各打出一枝飛鏢。陽光之下，鏢身泛着綠光，阿Wing猜想是毒鏢，不敢怠慢。他牢紮馬步，看準目標，把木棍推到胸前封擋，「啪啪」兩聲，兩枝毒鏢先後釘在其上。

二人見阿Wing出手不凡，方知人不可以貌相，對他頓添戒懼。阿Wing接着向前拋起木棍，雙掌齊拍，打在棍背之上，把兩枝毒鏢震脱，如子彈般射回原處。

「哎！」

「喲！」

朱師兄右腿中鏢，尹師弟左臂中鏢。

阿Wing乘勝追擊，舞動木棍，縱身撲前。兩師兄弟既已受創，不敢接招，一拐一拐地向竹林跑去。阿Wing追了幾步，又感到一陣暈眩，知道是時候吃stemetil，便拋下木棍，扶着金英的肩頭，取藥服食。

另一邊廂，朱、尹兩人氣呼呼地逃到竹林前，回身看見甩開了阿Wing，便停步拔出毒鏢，各自取出解藥。

「且慢。」朱師兄盯着剛從右腿拔出的毒鏢，錯愕地問：「這飛鏢是你的，還是我的？」

尹師弟遲疑一會，苦着臉回答：「好像⋯⋯是我的。」

「我要肯定的答案，不能弄錯。」朱師兄深知五毒門的解毒法，是以毒攻毒，師兄弟私下煉毒製暗器，採用的毒物各有差異，錯服解藥，非但不能解毒，反而多中另一種毒，不能不謹慎。

尹師弟從朱師兄手上拿起飛鏢，看了看，嗅了嗅，問：「我用蛇毒浸鏢，你呢？」

「我用蜈蚣毒。」朱師兄瞅着兩枝一色一樣的本門飛鏢，心裏叫苦。

「沒弄錯，的確是我的。」尹師弟點頭。

「肯定？」

「肯定。」

兩人於是交換解藥，各自服下。過了片刻，傷口成功止血，不痛不麻，他們知道解藥生效，這才寬心。

「朱師兄，你看那小子在樹下盤膝打坐，像老僧入定似的。先前，我遠遠瞧見他服食藥物，似乎受了內傷。我們趁他不能走動，大可乘人之危。」

「嘿嘿，好一句乘人之危。我們這就過去偷襲，以報一鏢之仇。」朱師兄一馬當先，「動手。」

阿Wing心裏雪亮，敵人瞬間便至，奈何他仍天旋地轉，坐在地上，無力迎敵，想到要死在這兩個無恥之徒手中，卻是心有不甘。

兩人為防阿Wing使詐，小心翼翼地步步移近。

金英掄起木棍，守護阿Wing，看似要跟朱、尹兩人拚命。

朱師兄見阿Wing神情呆滯、手腳無力，便放膽大步走近。金英跳到朱師兄面前，尖聲警告：「你再過來，我打你！」

「試試看。」朱師兄繼續進前，當然不把這黃毛丫頭放在眼裏。

金英毫不猶豫，揮棍便打。朱師兄側身避過金英一棍，右腳蹬出踢向金英。金英失足，撞着地上的碎石，登時頭破血流，但絲毫無懼地爬起。

「金…… 英…… 快逃！不要…… 以卵擊…… 石……」阿Wing有氣無力地說。

「哈哈，野丫頭，有種！」朱師兄躍開，「尹師弟，你站着看戲嗎？還不過來替我對付野丫頭，讓我宰掉這個臭小子！」

「來啦。」尹師弟撲前，從後抱起金英。金英抓着他的手臂，張口就咬。尹師弟痛得哇哇大叫，趕緊扔開她。

朱師兄不理會他們，目露兇光，撿起金英的木棍，搶到阿Wing旁邊，獰笑道：「臭小子，受死吧……」

驀地，他臉上的笑容僵住了，黑血自他的鼻孔、眼角、耳朵流出。他扔下木棍，雙手按着絞痛的胸口，顫聲道：「尹師……弟，你……錯了……」話未説完，即一頭栽倒地上。

「啊！朱師兄，你怎麼啦？不要嚇我呀！」尹師弟撇下金英，「我錯了什麼？」這時，他喉頭一苦，吐出一口烏血，駭然道：「我們錯服解藥，蛇毒加蜈蚣毒……」

此時，stemetil的藥力見效，阿Wing雙掌按地，從地上彈起；尹師弟氣絕倒下。

「我們安全啦！」金英迎着阿Wing跑去，像跟久別重逢的親人相遇般擁抱。他們方才同處險境，經歷生死，現在解除威脅，兩人多添幾分親近。

「頭不要動。」阿Wing俯身察看她的傷勢，替她點穴止血。

金英嬌聲道：「叔叔，謝謝你。」

「不用客氣。説起來，我與你有點淵源。」

「你認識我的家人？」

「我認識你媽媽的師姊妹。」

「噢，原來你是吉爽阿姨的朋友。」金英更是高興。

「金吉爽？我不認識她。」阿Wing不寒而慄，「金吉爽不是你的媽媽，你媽媽是……」他仔細端詳金英，她的面部輪廓、眼神，都似曾相識……

「我媽媽是金大芝。」

阿Wing失神地跌坐地上，「我媽媽是金大芝」彷彿化成一組音符，在他腦海裏迴響不斷，敲打着他每一根神經。他臉色煞白，喃喃地道：「她殺掉我的最愛，我救了她的最愛……」

金英猛搖阿Wing的膀臂，一臉天真地問：「叔叔，你沒事吧？」

阿Wing渾然沒有反應。

金英雖在阿Wing身旁不住呼喚，但他只聽見空空洞洞的聲音，從很遙遠很遙遠的地方傳來。

4

嘉薰醫生呷了一口咖啡，這時候，茶水間外有人壓低嗓門說：「原來你躲在這裏。你糟了，背着雯在醫院和別的女子搭訕。」

嘉薰醫生抬頭一看，原來是何 Sir，語氣帶點不悦地說：「幾乎給你嚇壞。你說什麼？」

何 Sir伸長脖子，探頭掃視病房，不知望了哪張病牀上的女子一眼，說：「我剛才明明看見你在病房裏，跟漂亮的女病人搭訕、談情。」

「你別亂說，醫生和病人談情，嚴重違反專業守則！」嘉薰醫生警告何 Sir，作狀要捏他脖子。

「對，對，嘉薰醫生向來一本正經，做事守規矩。跟病人談情，要填寫申請表格。」何 Sir仍在開玩笑。

嘉薰醫生為之氣結，不想跟他在談情問題糾纏下去，只好扯開話題，問：「怎麼你在這裏？醫院有命案嗎？」

「不是有命案才可以來吧？我來探望你……」何 Sir拍了嘉薰

醫生的後腦勺，「兼且替你的朋友阿Wing做一些『善後工作』。他的女朋友R在外面，待會過來辦公室找你，問問阿Wing的病情。」

「阿Wing ？」

「你知道嗎？阿Wing昨晚把六個犯人送到葵涌警署投案，其中一人投訴阿Wing用花生打傷他的額頭，要求驗傷。我便押他過來，順便問清楚幾個疑點。」何 Sir挨近嘉薰醫生，問：「奇怪，阿Wing不是患病住院麼？怎會跑到外面，四處捉賊，搶我們警察的飯碗？」

嘉薰醫生解釋：「唉！他是逃離醫院的。我實在拿他沒辦法。或許因為時日不多，他才自暴自棄，不肯跟醫生合作。不知他的病情怎樣了……」

「別擔心，善有善報，阿Wing命不該絕。況且，他長得一表人才，決不是短命相。來，別悶悶不樂。」

「那你說個笑話來聽聽。」嘉薰醫生隨口說。他把咖啡杯放進盥洗盆，準備到辦公室見R。

何 Sir把抹布拋進盆內，說：「我看你木訥得很，整天正經八百⋯⋯ 好，就試試你的笑穴還通不通？」

何 Sir指着走廊另一端的辦公室，示意要嘉薰醫生一起過去。

「從前，一人帶着一羣小孩去動物園遊樂，來到某劇場，看到一隻鳥在鋼線上推車，就指着鳥問小孩那是什麼。孩子們異口同聲地回答：『鸚鵡！』那人讚賞他們說：『對，叻仔！』」

嘉薰醫生一面從褲袋掏出鑰匙，一面留心聽。

「他們來到水族館，那裏正進行表演，水裏有一隻動物在加速游弋，忽地挺直軀體衝出水面，躍高，用鼻尖觸碰離地幾米的氣球，台上觀眾掌聲雷動。那人又問他們那是什麼，他們回答：『海豚！』那人又讚賞他們說：『對，叻仔！』」

嘉薰醫生打開辦公室的門，何 Sir邊說邊走進去。

「然後，他們來到動物園，在一個很大的鐵籠前面坐下。籠裏的樹掛着一隻動物，手很長，毛黑色，有點像人，靈活地從一根樹枝懸跳到另一根去，又用手掌頂着地面走動。呀，嘉薰醫生，那動物叫什麼？」何 Sir彎腰，垂着手臂撥動，雙腳步往左右踏步。

這故事，嘉薰醫生在十多年前聽過……

那天，Gigi問了相同的問題。

「猩猩！」嘉薰當時衝口而出，Gigi連忙稱讚説：「對，叻仔！」他才知道中計了。Gigi樂不可支，一直「傻瓜，傻瓜！」地叫喚嘉薰，嗓子像耳邊錚錚的鈴聲。Gigi扮猩猩，嘉薰除了覺得趣怪，還想到林子祥的〈分分鐘需要你〉：

扮靚D皆因你　癲癲地皆因你

為你甘心作傻事

扮吓猩猩叫　睇到乜都笑

有你在身邊多樂趣

那刻，他倆真的笑得很開懷，原來笑聲存在心間，也像歌聲鈴聲一樣，縈迴腦際。Gigi音訊全無，漫長的日子裏，嘉薰一個人走在街上，也會心情黯然地哼起：「若有朝失咗你，花開都不美……」

何 Sir還在搖動雙手，催促他道：「嘉薰醫生，你快説，這是什麼動物？」

嘉薰醫生看着他，也覺好笑。今回，嘉薰醫生拒絕中計，回答道：「那是Eason陳奕迅！」

「這——」何Sir一時啞然，嘉薰醫生一臉得意洋洋。

「對，叻仔！」有人在辦公室外面揚聲讚道。

嘉薰醫生和何 Sir錯愕地對望，回頭看見R已站在門邊。

R微微一笑，對何 Sir説：「你真大膽，竟敢越級挑戰嘉薰醫生的智慧。人家是會考狀元，你是『會考撞板』，級數相差太遠了。」

何 Sir挺直身子，拍拍胸口，神氣地説：「英雄莫問出處啊！」

嘉薰醫生明白R的來意，拉開抽屜，拿出一份阿Wing的病歷報告。何 Sir識趣地說：「笑話說完了，你這個人不好玩。我買下午茶去！」說罷，逕自推門離開了。

R走進辦公室，坐在嘉薰醫生對面，收斂笑容，道：「我昨晚見過阿Wing一眼，跟半個月前相比，明顯消瘦了。」

嘉薰醫生讓R坐下，翻開報告，大略讀了一遍，對R解釋阿Wing的病情：「阿Wing的磁力共振和有關掃描檢查，都沒有異樣，確診鼻腔和腦部並沒有腫瘤。他耳鳴和昏厥的原因該與腫瘤無關，中了某毒素的可能性極高。我拿他半個月前的血液測試作了比較，也和毒理專家楚醫生研究過，他體內的確有一種很奇怪的物質，和他說的苗疆蠱毒吻合。」

「那到底是什麼物質？」R抑壓着語氣中的不安。

「很抱歉，我不清楚。」嘉薰醫生不諱言：「我們遍查醫學記錄，都無法找到相似的物質，姑且就叫它『物質X』吧。物質X在過去半個月內，像細胞分裂一樣在他體內倍增，而增加的速度也正在加快。我相信，它正寄生在他體內的某種細胞，利用細胞作為基地『繁殖』。」

「這不是和病毒差不多？」R很聰明。

嘉薰醫生點頭，眼神透出了憂慮。

「你知道有藥可救嗎？」

「既然物質X破壞身體的方式和病毒相似，我們相信要循治死病毒的方向入手，而最有效的方法是依賴免疫抗體。然而，阿Wing的血液測試和老鼠的實驗結果顯示這種抗體並不存在。我們現正循一些藥物着手。」

R深吸一口氣，企圖把擔憂抑壓下去，問：「物質X這樣增加下去，會有什麼後果？」

「這很難説，因為醫學界並沒有類似病例，而物質X到底如何破壞阿Wing的身體組織，仍是一個謎。我用老鼠做實驗，發現它有一種力量，令血細胞黏在一起，有貧血、流血不止、易受感染等併發現象，它也會破壞血管細胞，導致微絲血管栓塞，令器官衰竭。但這只是動物的實驗，在人身上是否一樣，就無法得知。」

辦公室內的空氣凝聚鬱結，R頓了一頓，鼓起勇氣問：「這樣推算，他還有多久——」

嘉薰醫生搖頭，鼓勵她：「動物的實驗，我們無法挪用到人身上，作出準確的推測。我們會研究下去，希望及早找出醫治的方法。不要氣餒……」

R瞪眼，惱然道：「苗疆蠱毒後遺症！可惡的金大芝……」

「我和楚醫生已加緊研製藥物、嘗試各種治療方法，但需要時間。」嘉薰醫生嚴肅地告誡：「R，我們發現老鼠受到驚嚇時，體內的毒素會急劇增加，所以，得儘快找到阿Wing，把他留在病房裏休息，必要時房間下鎖；再不許他到處奔波，或許對舒緩病情有幫助。」

「謝謝你，嘉薰醫生。」R站起來告別，「我一定會找到他的！」

風在吹，野草不住晃動。

陽光恆久不變地遍灑大地，不偏待好人、壞人、黑人、白人、男人、女人、老人、小人、高人、矮人、胖人、瘦人。人人都得到溫暖，以及幫助製造維他命D的紫外線。

阿Wing佇足破屋旁邊，良久，深深呼出一口氣。

「好啦，好人做到底。金英，我送你到醫院作身體檢查。之後，你自己想辦法聯絡金吉爽，好嗎？金英？金……」阿Wing低頭一看，金英浮浮晃晃地靠坐牆垣，口角滲出烏血。

「糟！」阿Wing俯身探她的脈搏，心脈紊亂；再翻開她的眼皮，目光渙散，分明中毒。她何時中了毒！中了什麼毒？阿Wing眼珠一轉，視線落在尹師弟的屍體之上，方才纏鬥之際，金英咬過尹師弟一口，令尹師弟喪命的蛇毒和蜈蚣毒，因而傳到金英體內。

阿Wing不敢耽延，馬上搜查朱、尹兩人的衣袋，取走數包藥丸，再抱起金英，飛奔下山。

3

病榻重逢

阿Wing在夢中想起誰？

1

別過嘉薰醫生，R在醫院大樓門外，遇上一場攔門雨。雨不算大，卻密。R沒帶雨傘，她慢悠悠地走下台階，站在廊簷下凝望雨點，等候雨歇，想念一個人。

清風夾着水點、草香，撲面而來，她想起阿Wing從不帶傘子，不管雨勢如何，他愛走便走，愛停便停，行止不顧天氣。説他瀟灑嗎？他的確瀟灑。愛一個瀟灑的人是挺不容易的，瀟灑的阿Wing似一陣清風，有時他會在身邊繾綣良久，有時會跑得無影無蹤。要完全適應他的生活方式，叫她感到吃力，要他留在自己身邊做一個朝九晚五的住家男人，她可以，他亦願意；只是，這樣的一個阿Wing還可愛嗎？

雨點淅瀝淅瀝地打在廊簷，沿簷角如注般瀉下，順着斜坡流下水溝。人生總有順逆，順境時，事事得意，皆大歡喜；逆境時，事事倒霉，人皆厭棄。如今的阿Wing倒楣極了，R始終對他不離不棄，她深知保住阿Wing的性命最為要緊，沒命就不能瀟灑，瀟灑將會喪命。

R打定主意，縱然只有一絲希望，她也決心尋回他，逮住他，管住他，捆他回到醫院，把他留下來接受治療。

「既然順路，一起走吧。」何Sir拿着雨傘，來到R身旁。

「順路？」經何Sir一問，R才恍然自己不曉得往何處尋找阿Wing，面對眼前灰濛濛的雨幕，她陷入迷茫，一時之間，竟沒法回應何 Sir簡單的一句話。

何Sir鑑貌辨色，知道她為阿Wing憂愁，安慰道：「你要保重身體，要是連你也倒下來，便沒人幫助阿Wing了……」

「鈴……」

兩人一怔，不約而同地摸一下衣袋，最終是何Sir接聽電話。

「喂…… 我是。嗄 ——」阿Sir的手一鬆開，雨傘掉地。

「沒不妥吧？」R問。

何Sir緊張得滿臉通紅，急推R的肩頭，結結巴巴地說：「急症…… 室…… 快……」

送走R後，嘉薰醫生打了一通電話給雯，並沒什麼要緊的話題，只想聽聽她的聲音，問她觀日出後累不累，中午吃了什麼午餐之類的瑣事。雯對Gigi的事不甚了了，嘉薰醫生曾向她提及，卻沒有詳細剖白，那畢竟是過去的事了，何況Gigi更已離開。認識雯時，嘉薰醫生已把Gigi「放下」一段日子。

曾有一段頗長的日子，嘉薰醫生對Gigi難以忘懷，當時他深信世上不會找到比她更適合他的人。對於愛情，他曾如此執著。

直到遇上雯，他才懂得要珍惜眼前人。

雯正忙於批改學生作業。嘉薰醫生和她談了一陣子，掛了線又準備開工。走過病房，瞥見惠宜坐在牀上梳頭，便向她點頭打個招呼，朝護士崗走去。

惠宜看見嘉薰醫生經過，暗暗盼望他進來巡房，跟自己閒聊幾句；但他直望直走，眼神一接觸就過去了。她頓感失落，放下手中的梳，朝病房門外的他走去。

「嘉薰醫生——」護士崗的職員在後面喊他。

嘉薰醫生聞聲停下，「嗯？」

「急症室的人來電，你的朋友阿Wing帶同一個叫金英的女孩，正上病房診治。」

嘉薰醫生心「格登」一下，問：「兩個病人情況如何？」

「聽說女孩情況嚴重；阿Wing則血壓偏低，但沒有生命危險。」

「希望阿Wing這趟乖乖地留下來治病。至於女孩，那安排面向護士崗的病牀給女孩吧！易於觀察。」

「早已安排妥當。」

「很好！」嘉薰醫生表示滿意，心情卻沉重。

未幾，升降機門打開，醫護人員推出一張輪椅、一張輪牀。

阿Wing坐在輪椅上，瞇眼，左手支着頭，看似暈眩復發。R在旁握住他的右手，半步不離左右。

金英躺在輪牀上，戴上氧氣罩，已陷入昏迷。

嘉薰醫生俯身問阿Wing：「你覺得怎樣？這女孩有何不妥？」

阿Wing掙開R的手，吃力地解開安全帶，一把抓住嘉薰醫生的白袍，從褲袋掏出一個藥包遞上，虛弱地説：「金英…… 中了五毒門的…… 蛇毒和蜈蚣毒，這些藥丸…… 可解毒。快救她……」

「什麼？五毒門……」嘉薰醫生把藥包轉交身後的護士，一瞥女孩牀上的探測器：病人心跳急速，血液含氧量下降，馬上吩咐：「通知楚醫生！把女孩送進深切治療部的隔離病房。」

「是。」護士應道。

「讓開！讓開！」病房助理員首先把輪牀推進病房。

惠宜站在門邊觀看，給助理員一喝，立刻合作地讓開，輪牀擦身而過。牀上的金英又手腳痙攣，看來情況並不樂觀。小小年紀，飽受劇毒折磨，惠宜替她難過，忍不住掉下一滴眼淚。

旁邊的女病人拉拉惠宜的衣袖，搭訕道：「喲，你看這孩子病得不似人形，多可憐。她媽媽到底怎麼搞的？沒好好照顧女兒，真是的！」

「她的確不對。」惠宜冷淡地説。

輪椅剛好推過，阿Wing聽見惠宜説話，覺得聲音頗為耳熟，便抬頭一看。惠宜正看着他，兩人打個照面，惠宜又垂下頭來，阿Wing肯定跟這女人素未謀面，但即使匆匆一瞥，她的眼神、氣質仍教人難忘，他同時肯定與此人是認識的。然而，她是誰？阿Wing努力追想，一費神，就頭痛欲裂。

R失聲驚叫：「阿Wing……」

「嘟 ——」夾在阿Wing手指的探測儀發出警報，數字在閃爍。阿Wing昏倒了。

「把阿Wing送進深切治療部。」嘉薰醫生喊叫，跟在後面的護士蜂擁而上。

深切治療部的呼吸機有規律地發出「唧 —— 唧 ——」聲，像老人吃力的喘氣，心臟探測儀器的熒光屏上，一個綠色圓點在起伏跳動，畫出波浪般的軌跡；屏幕的右側顯示着一組數字，有血壓、心跳頻率、血液的含氧量等，指數一旦超越某水平，儀器

就會發出微弱的尖叫，像是求助式的哀求，叫人隱隱不安。

阿Wing躺在深切治療部的牀上，時而蘇醒，時而昏迷，他的求生意志很強，像遇溺者在掙扎浮沉，角力於生死之間。

遇溺的人渴望抓緊救生圈，而阿Wing，則渴望抓住——

「R……」他迷迷糊糊地低喚。

站在牀邊的R，趕緊抓住他的手，柔聲道：「我在這裏。」

「對不起……」

「你要挺下去。你若放棄，才是對不起我。」

阿Wing雙眼微睜一線，又乏力地合上。

R繼續鼓勵他：「嘉薰醫生正在想辦法，大家都在盡力，你也要盡力……」

阿Wing的嘴唇稍動，喉頭發出混濁低沉的聲音。R聽不清楚他説什麼，於是低頭靜聽。

「真生…… 真生……」

R愕住了，心下黯然，不由自主地放開發顫的手，雙腿也不由自主地緩緩後退。

「真生……」阿Wing的指頭抖動。

R雙手掩臉，指間露出縫隙，她從縫隙之間幽幽地看着阿Wing，感到一陣陌生，一陣親切。好一會，她擦擦發酸的鼻頭，蹣跚舉步，回到牀邊，含淚再次握着他的手，哽咽道：「我在這裏。」

阿Wing不再説話，不再活動，像是熟睡了。如果此刻他在做夢，他夢裏的會是真生，還是自己？R沒勇氣想下去。

「嘟——嘟——」

2

午夜的實驗室裏，一輪與時間的競賽正式展開。嘉薰醫生向物質X宣戰——他亟須及早尋求治療良方。

一個個膠箱子外註明中毒日子的先後，內裏的老鼠不安地竄動。阿Wing此刻躺在病牀上，時間緊迫，他要把握分秒，研究老鼠的病變，整理數據，作出結論。

嘉薰醫生調了一杯咖啡，囫圇吞下幾塊餅乾，把咖啡灌下，就抖擻精神，準備苦幹。他走近箱子，一隻老鼠手到拿來，一把捏住老鼠的尾巴，任由牠倒掛在眼前掙扎。今晚，有五十多隻老鼠等着他解剖，他感到一切已迫在眉睫。

嘉薰醫生坐到工作桌旁，把老鼠的身體向前面的一個盆子打下去，老鼠頭頸接駁之處落在盆沿，輕輕地發出「格」的一聲骨折。嘉薰醫生迅速地把牠的肚皮翻過去，讓牠趴伏在前面。

他左手捏着老鼠的頭，右手按住牠的身體，雙手使勁一扯，老鼠頭頸的骨骼，「卡察」應聲折斷。才兩秒鐘，老鼠已失去知覺。嘉薰醫生拿起刀，剖開老鼠肚皮，抽取血液和器官樣本，放進分析毒素的機器。

老鼠沒受很大的折騰，人道地死去。這個多月來阿Wing身心承受着的痛苦，又有多少人了解？金大芝以極不人道的方法害人，嘉薰醫生在分析苗疆蠱毒的病變和數據之際，感到道高一尺，但魔竟高了一丈！

深夜的病房已關掉主要的照明電燈，周遭暗沉沉的，病人統統就寢，除了惠宜。

惠宜躺在牀上，烏溜溜的雙眼，怔怔地瞅着窗外的一彎新月，默默哼着電視劇《大長金》主題音樂的旋律。

兩名夜班護士、一名病房助理員照顧病房裏三十多名病人。護士一人在護士崗處理文件、病人檔案，另一人為病人逐一換上新的點滴藥物；病房助理員則依次為病人探測體溫。助理員剛來到惠宜牀前，她馬上合上眼睛裝睡。這人也沒詳細察看檢查可用得着，機械式地説聲「探熱」，就輕輕拉低惠宜的耳珠，把一個Braun Thermo-Scanner塞進她的耳孔。

「嘟——」

她的手法馬虎，探熱器還並未對準耳道，便按鍵發射紅外線探測鼓膜，接着睨一眼度數，喃喃道：「沒發燒。」便往下一張病牀去。

惠宜當然不會糾正她，因為她的確沒發燒。

病房的門鈴響起來，護士崗的閉路電視屏幕顯示，門外有急症室的人等着要推一張輪牀進來。護士放下文件工作，按鍵開門，稍稍提高聲線道：「同事們，收症啊！這次要過牀。」

病房助理員走出通道，迎着輪牀。「給病人最末端那張牀。」護士崗的護士發出指引，她的拍檔也上前幫忙。

就在各人忙着安頓新病人之際，惠宜偷偷下牀，穿上拖鞋，敏捷地溜出病房。

走廊靜悄悄的，惠宜左顧右盼，但見四下無人，便沿着地上的方向指引快步而行。她走得安靜快速，如腳不沾塵的幽靈。

夜半的隔離病房，金英好夢正酣。幸好在幾個小時前，楚醫生及時為她配製了解毒藥劑，救回她的性命。現在人身安全又得到適當的照顧，她可以放心安睡。病牀上，她發出細弱的鼾聲，嘴角微微掀動，臉上展露一抹微笑。

她可有做夢？

夢中，她看見誰？是失散了的吉爽阿姨？下午拔刀相助的阿Wing？還是經年不見的媽媽？

夜裏的深切治療室，阿Wing看似平靜地躺着，一場看不見的戰爭卻早已在體內爆發，而且戰況慘烈，毒素來勢洶洶正分頭進攻他的器官。哪個器官最早失守？是肝，是肺，還是腎？難以逆料。

R伏在牀緣假寐，連日的奔波與擔憂，令她身心俱疲。然而，她不敢睡熟，擔心阿Wing的病情隨時急轉直下。治療室裏任何異動，她都有一份警覺。當意識到附近多了一陣微細的、不屬於當值護士的腳步聲時，她馬上驚醒過來，站起身，依照特工的危機訓練，機警地掃視一周。

當值護士在另一端工作，室內再沒有別的能走動的病人。當然，她亦察覺到，靠近正門的布簾輕輕揚動，正門剛剛掩上。她猶豫了片刻，還是坐下，選擇留在阿Wing身旁。

3

早上五點，嘉薰醫生匆匆鎖上實驗室，趕往深切治療部。離開那些困在籠中的白色幼鼠，步出病理大樓，他深深吸了一口清涼的空氣。四周靜寂得很，天空的墨黑有點駭人，星光也被吞噬了。這就是黎明前的黑暗嗎？舉目盡是幢幢高聳的醫院大樓，一扇扇病房的窗戶，透出暗淡的光線，映照着一場場日以繼夜的生命角力。

嘉薰醫生吁一口氣，拐彎走進診治大樓，踏上長廊子天橋。天這麼黑，他心中竟懷疑，到底黎明會不會來？

嘉薰醫生推開深切治療部的大門，跟R點點頭。R不想妨礙他工作，便往洗手間梳洗一下。嘉薰醫生打開阿Wing牀尾的小枱燈，在昏黃的燈光下，閱讀最新的報告，目光不時端詳眼前酣睡的病人。

報告顯示，阿Wing體內的氧分正在下降，肺部明顯受損了，肝、腎的功能開始紊亂，紅白血球指數異常，一切都是物質X中毒的徵象。嘉薰醫生瞄了呼吸機一眼，走前把含氧輸入量調高，也更改輸入的速度，再把夾在阿Wing食指上的探測儀固定在適當位置，憂心忡忡地觀察熒光屏的變化。

掛在阿Wing牀邊有一根長試管，管子接駁他頸部的大靜脈，以測度心臟的功能，嘉薰醫生拿過試管，上下移動，觀察讀數後，把強心劑的分量加重了。

阿Wing身體接駁上一根根的管子、點滴和探測儀器，嘉薰醫生看着，不由重重地歎氣。那兩袋懸掛的點滴，讓葡萄糖和鹽水流進血管，挺着阿Wing的性命。再這樣下去，即使阿Wing的心跳和呼吸可以靠藥物與機器維持，腦部機能卻難以不受損害，腦幹死亡更是遲早的事。

阿Wing，你要努力振作呀！嘉薰醫生默默打氣。只可惜老鼠實驗已證實第一線的抗毒藥物「特敏福」，並不能有效地抑制物質X；要研製出適切的良方，必須另闢蹊徑。

他茫無頭緒，時間一分一秒像幼沙般從指縫間無聲溜走；更可怕的是，嘉薰醫生發現阿Wing體內的物質X，在一夜間飆升了兩倍！金大芝的苗疆蠱毒，真難破解！若沒有她的獨門配方，恐怕阿Wing凶多吉少。

如果金大芝尚在人間，大概還可以請阿漆和阿Ken把她揪出來，取得解藥。可惜金大芝已死，要救阿Wing，簡直難於登天。

可惡的苗疆蠱毒！嘉薰醫生感到無能為力，這種無助、無力的感覺，竟教他有點心慌。這環境、這情況，令他憶起十多年前的一宗命案……

那年是大學二年級，深夜昏暗的深切治療部病房內，除了嘉薰，還有Gigi和她那奄奄一息的母親。

伯母在那年春天得了一種怪病，手腳麻痹，皮膚像給火灼過；加上食慾不振，身體倦怠乏力，頭髮大量脱落，才幾個月，一頭濃密的秀髮，就稀疏得像剛化療過後的病人，面容極之憔悴。醫生會診多月也不能確診，大概是壓力啦、免疫系統毛病啦，各種説法都不肯定。那夜，伯母突然出現呼吸困難，不省人事，及後因器官衰竭死亡。

醫生問Gigi想不想把母親遺體解剖，以研究死因，她答不，死亡證上就寫下了「心肺衰竭」。

這個「死因」，叫嘉薰大惑不解，人死去時，哪個不是心肺衰竭的？但Gigi從小和母親相依為命，感情要好，不忍剖驗，可以理解。Gigi喪母悲慟不已，終日把自己封閉起來，嘉薰不想多事，始終沒有將心裏的顧慮説出來。

Gigi很少談到父親，直到辦妥母親火化那天，她在茶餐廳與嘉薰談起，嘉薰才知道她的父母離異。幾年前因父親有第三者介入，夫妻感情生變，後來分居。自Gigi出生，她母親為了好好照顧女兒，一直全時間留在家裏，朋友很少，也沒有什麼謀生技能；分居後仍靠丈夫的經濟支援，並沒有辦理正式的離婚手續。

Gigi痛恨父親沒有做好本分，但父母之間千絲萬縷的關係，作為女兒又怎弄得清楚？有一段日子，父親要求復合，母親經不起苦苦哀求，便保持「朋友之交」，二人不時見面，但總惹來Gigi不悅。父親趁她上學不在，回家探望，她都會生母親的氣，怪她心腸太軟、藕斷絲連。而最令Gigi不值的是，婚後父親為母親保了人壽險，受益人是他。母親死後留下那一筆可觀的賠償金，父親拿到手後，就在母親火化後一個月，竟和情人「復合」，離開香港，遠走高飛。

父親的行徑，像一聲警號，驚醒了Gigi。

「嘉薰，你認為媽媽的死，跟這筆賠償金有關係嗎？」她認為事有蹊蹺。

「你認為伯母遭人下毒手？」嘉薰明白Gigi的擔憂。

Gigi頷首，但不確定。

「我們把事情告訴警方。」嘉薰建議。

「不行。」Gigi回答，這充其量只是一廂情願的假設，恐怕警方不受理。母親的死是否與父親有關，她無法肯定是否自己疑心太大，因恨父親而怪罪他。也因為這樣，Gigi並沒有把這疑問公開，也不想在這階段貿然報警。

「我們有辦法自己找尋證據嗎？」她一副失望的樣子，納悶地說：「媽媽的遺體已火化，恐怕無法稽考了……」

兩人在餐廳裏相對無奈。嘉薰呷了一口檸檬茶，口腔裏有一種苦澀。Gigi撥弄一下頭髮，她和母親一樣，有一把烏油油的長髮。

嘉薰靈機一動，說：「這倒未必。許多毒素可以隱藏在頭髮裏。你有伯母的頭髮嗎？不妨化驗一下！」

Gigi眼睛炯炯流轉，想起，「媽媽死前不住脫髮，令她非常困擾。眼見頭快要光禿，她怕以後再長不出頭髮來，就把一綹髮絲保留下來，以作紀念。」

「伯母病了好一段日子，要是真已中毒的話，應該屬慢性中毒。你知道世伯在過去一年探望伯母的日字嗎？」

「不肯定，只有大概的印象。這有幫助嗎？」

「我想，伯母的頭髮有三十多厘米長吧？頭髮每兩個月約長三厘米，她的頭髮便是一條時間線，把過去年多體內的中毒情況記錄下來。只要研究頭髮在不同位置的毒素含量，就可以得出伯母的中毒時間表；再和世伯、伯母見面的時間比對，看看是否吻合，便知道世伯有沒有可疑。」雖然這是嘉薰第一回偵查命案，但已頭頭是道。

要到醫科畢了業，嘉薰才知道這種按段落的分析方法，科學鑑證上稱為「Segmental Analysis」。

「好厲害！」Gigi雙眼發亮，對嘉薰更欣賞了。

為了解開心中的結，又不想貿然驚動警方，Gigi悄悄聯絡了一間化驗所，把母親的頭髮送了過去。

一個月後，她再次推開化驗室的門，進到命案最深處的癥結所在。結果證實了她的懷疑合理 —— 頭髮內含有鉈（Thallium）

毒素；而中毒的時間，大多在父親約見母親的日子左右！

她把化驗結果告訴嘉薰，商量後，決定報警。

這化驗結果的確能引起警方注意，進而展開調查。可惜的是，Gigi畢竟缺乏經驗，在資金支絀的條件下，竟把最重要的頭髮證據，全數押給這規模細小的化驗所。

這間化驗所並沒有國際認可資格，檢驗的方法也非可靠的「原子吸收分光光度測定法」(Atomic Absorption Spectrophotometry)，取得的結果容易叫人質疑，難有法律效力，要用作呈堂證供檢控Gigi父親，警方表示極度困難。

此外，父母相見的紀錄，全由Gigi事後回憶，並沒有真憑實據；有好幾個日期、時間，連Gigi也無法肯定。在疑點利益歸於被告的情況下，辯方律師便輕而易舉地把案件打發過去。

幾個月後，連化驗所也倒閉了，案件更是不了了之。

及後Gigi明查暗訪，得知父親和情人在夏天到了韓國逍遙快活，心中憤憤難平；也在那個夏天，她告別了嘉薰，離開了香港，獨自到內地流浪。

「唉！十多年了——」嘉薰醫生回到現實中來，想當年Gigi的母親中毒身亡，當下…… 真不希望阿Wing也等不及解毒……

暗淡的燈光下，嘉薰醫生默默地看着阿Wing，心情跟當年目睹Gigi的母親彌留沒有兩樣。葡萄糖水一點一滴流光了，護士為阿Wing換上新的，他想，阿Wing的人生也有新的一天嗎？他考慮是不是要再增加強心劑的分量？不過，劑量大會對身體構成危險，怎麼辦？

4 抗毒血清

友好瀕死，自身難保……

1

早上十時，嘉薰醫生巡房的時候，拿着惠宜的病歷表，走到護士崗查問：「姑娘，三號病牀的容惠宜呢？」

「不見她呢！是不是上了廁所？」護士低頭忙她的。

「喂，三號牀的隨身物品都不在，看來跑了！」病房助理員在入口那兒向護士員高嚷。

病人擅自出院，竟沒有人發現，早更的護士們面面相覷，神情尷尬。

嘉薰醫生讀畢剛送來的血液報告，說：「橫豎容惠宜的報告沒什麼不妥，這病人不會有危險。請你們安排收拾病牀，好留給下一個病人。」說完，便伏案撰寫病人病歷。

護士拾起電話筒，嘗試聯絡容惠宜。

「此電話未有用戶登記——」電話的另一端傳來錄音信息。

「奇怪，手提電話不通！找不到她。」護士只好掛線。

旁邊的病房助理員插口道：「聽隔離病房的同事說，他們那邊昨晚也有病人不見了。」

「哪位病人？」護士好奇地追問。

「昨天進院那個中毒的女孩。」

「是金英嗎？」嘉薰醫生停下筆來。

「對，是金英。他們已通知駐院的警察跟進。」

嘉薰醫生對護士說：「也一併把容惠宜擅自離院的事，向護士長報告，循例通知警方。」

「是。」

惠宜和金英的失蹤，已交由警方處理，嘉薰醫生並沒有放在心上，還是一天到晚，把自己關在實驗室裏埋頭苦幹。

箱子裏的白老鼠逐一死去，他有着説不出的悵惘。在「藥物二」一欄上，他畫上了「X」，宣布藥物無效。

「唉！真棘手！」他直勾勾地望着老鼠的屍體，只覺無能為力，阿Wing的性命怕只繫於一線！他戴上手套，剖開另一隻老鼠，抽取血液測度物質X分量，又作器官化驗，在顯微鏡下分析。

心肝脾肺腎，統統壞死了，好可怕的苗疆蠱毒！他把老鼠體內物質X的數據，輸入電腦，熒光屏馬上出現一個個圖像，一個代表一隻老鼠的生命線。隨着時間過去，老鼠體內物質X的分量，呈半個U形狀上升，並且愈升愈快；一到達某水平，老鼠即中毒身亡。

他把人鼠的數字作一比較，發現阿Wing體內的變化和老鼠的測試吻合；而阿Wing體內的毒素，已沿着U形兩管冒升。

天啊，當物質X向上爬時，對阿Wing而言就像直衝死亡線一樣危險！嘉薰醫生感到大勢已去，思緒像打結般纏在一團。除了憂慮，他感到心力交瘁。

「哎喲！」一不留神，解剖刀刺傷了他的手指，傷口立時淌血。他把手套脫掉，在水龍頭下清洗傷口，暗地擔心解剖刀帶有苗疆蠱毒，刺破手指會中毒呀！嘉薰醫生使勁地往手指的破損處擠呀擠，嘩啦嘩啦地沖洗，擠到指頭發白，血也止住了，才安心下來，為自己消毒搽藥。他累得坐下來，閉上眼睛正要休息一會，手提電話響起。

是雯的來電。靈慧的她，感到嘉薰醫生的壓力。

嘉薰有點哽咽，説：「阿Wing撐不下去了。」

「能不能救活他，不是隨你的意願；人的生命在上帝手中呢！做好本分，便可問心無愧，把一切交給上帝安排吧！阿Wing的親友會明白的。」雯説。

雯安慰的話，叫嘉薰醫生感到暖心，繃緊的情緒也鬆弛下來。

兩人沒再多説話，一切盡在不言中。

深切治療病房門外，除特工組織的人外，還有半小時前趕到的阿Wing姐姐和姐夫。事到如今，阿漆惟有通知家人，希望他們能見阿Wing最後一面。家人隔着半個身高的玻璃牆，含淚看着阿Wing好一會，便站到一旁祈禱，求上帝憐憫他，特別施下恩典，讓他康復過來；又求上帝賜醫生智慧，找到奏效的醫治方法。

2

病理學大樓實驗室仍亮着一盞燈，為漆黑的晚上亮起一絲希望。玻璃窗反映室內的通明，叫嘉薰醫生看不透外面的黑暗。他呵欠連連，伸了一個懶腰，再支持不下，便伏在桌上睡去。

在遠處某個陰暗的角落，有人提着望遠鏡，正觀察室內的一舉一動，還竊聽對話。當嘉薰醫生倒下時，那人把望遠鏡移向角落的垃圾桶。剛才有一雙沾了血的破手套給棄掉了。

「嘉薰醫生！嘉薰醫生！」有人在病房嚷叫。

阿Wing怎樣了？心跳、呼吸和含氧量如何？

「嘟嘟——嘟嘟——」從耳邊傳來，是生命探測器尖鋭的鳴叫。

心跳血壓呼吸含氧量都出了問題，快處理！快！

「嘟嘟——嘟嘟——」機器響個不停。

增加劑量，再增加！

「強心劑和輸入的氧分到頂點了！嘉薰醫生，別再增加了，會有危險的！」楚醫生在一旁大聲叱喝道。

嘉薰醫生咆哮：「再不增加分量，阿Wing會死的！」

這個不行，那個又有危險，怎辦？有辦法的，有的！想想，快想。快！

心電圖還在跳動嗎？心律怎麼樣？中毒老鼠最先受影響的器官是心肺……要保住心肺，保住心肺啊！

「嘟嘟——嘟嘟——」

怎麼機械還在吵？吵死人了，關掉它！別吵，關掉它！快閉嘴——

「叮咚！」嘉薰醫生從夢中驚醒過來，桌上的傳呼機給他撥開，掉在地上。

傳呼機的屏幕顯示，叫他兩眼發直——「阿Wing血壓難以測度，速到深切治療部急救！」

嘉薰醫生馬上站起來，匆匆披上白袍，直往深切治療部跑

去。

他沒有察覺剛才入睡，有人從後為他披上外衣，他起來時外衣抖落在椅子上；他更沒有留意桌上多了一瓶血液樣本……

深切治療部外聚集了一羣人：M、R、Ada、阿漆、阿Ken，還有何Sir……人人神情嚴肅緊張，R的眼睛通紅，伏在Ada肩膀上哭。

他們一見嘉薰醫生來，就像紅海一樣向兩旁散開，讓出路來。

「嘟嘟——嘟嘟——」血壓再次低降得無法探測，心臟虛弱得觸發警報。

「注射強心劑！」嘉薰醫生一邊吩咐，一邊調高呼吸機的含氧量。他知道，這是阿Wing危急存亡的一刻。

「嘟嘟——嘟嘟——」

「不行！血壓還是過低！」護士報告。

嘉薰醫生看了心電圖一眼，暗叫不妙，急忙指示：「準備CPR（Cardiopulmonary Resuscitation，心肺復甦），defibrillator（除顫器）standby！」

「嘟嘟嘟嘟——」心臟探測器的聲音，死死的長鳴，圓點拉成一條直線。

才一會，圓點跳躍的幅度，像脱韁的野馬上下起伏——是可怕的「心室纖維性顫動」（Ventricular Fibrillation, VF）！

「VF！VF！」嘉薰醫生拉高嗓子，這心律不整，顯示心臟無法泵出血液運行，必須立刻行動！阿Wing的腦部一旦缺氧，便會死亡。

一聲VF，病房內的氣氛更形緊張，在外面守候阿Wing的姐姐，看到護士進進出出，又把儀器推進病房，焦急地哭了起來；R的腿打着哆嗦，心裏不住禱告。

「Defibrillator ready！」護士大嚷，把一塊硬板兒墊在阿Wing背下，隨時作心肺復甦。

「200J ！」嘉薰醫生從除顫器抽出兩個「淥斗」，吩咐：「Clear ！」便把淥斗壓在阿Wing的胸膛上。

「砰——」阿Wing整個身軀向上抖動。

圓點平伏下來，但三秒鐘後，野馬又失控了，心律再次不整！

「再來！ 300J ！」嘉薰醫生語氣堅決。

護士把除顫器的掣式扭向右邊。

「Clear！」

「砰！」阿Wing的身體又往上震動，又沉沉地塌陷牀上，他緊握拳頭，像還堅持着和死神搏鬥。

屏幕上的綠色圓點就像他的身體，奮力掙扎一下，就平直地躺下。

「嘟嘟—— 嘟嘟——」血壓仍無法測度，嘉薰醫生甚至嗅到阿Wing胸膛皮膚給灼傷的氣味。

快跳動，心臟快跳動！嘉薰醫生緊緊盯着熒光屏，再不跳動就完蛋了。快！

綠點再次有規律地動起來，眾人這才舒了一口氣……天啊！那可怕的敵人又來了！

「調到最大，360J！」嘉薰醫生吩咐，這是最後的機會了。

阿Wing，挺下去！別放棄啊！振作！

要成功，這次非成功不可！

上帝，求求你！

「Clear！」

「砰——」

嘉薰醫生回到實驗室，像泄氣的皮球，軟癱在沙發上。

他的頭痛得像一枚要爆破的炸彈，耳鳴使人如浮在半空，想是今天早上喝多了咖啡。

阿Wing這次勉強挺了過去，下次仍能熬過來嗎？嘉薰醫生不敢多想。膠箱內的一隻老鼠正掙扎抽搐，他像看到阿Wing垂死的樣子，別過臉不忍看下去。

「嘉薰醫生，有人留下一份血液樣本給你。」毒理科楚醫生路過，指着不遠處的桌面。

桌上有一個膠瓶子盛着血液，旁邊附着一張便條。嘉薰醫生感到疑惑，究竟是誰留下來的？

「早上回來的時候，已經在桌子上了。」楚醫生打開雪櫃，拿過樣本，走開了。便條上寫着：

嘉薰醫生：

我知道你正研究醫治阿Wing的方法，

這血液內的抗體或許有用。

有心人上

字體有點顫抖，嘉薰醫生從歪歪斜斜的字體分析，猜想寄信人是右撇子，刻意用左手書寫。這是為了什麼？幹嗎掩飾身分？來了醫術精湛的高人嗎？還是一場惡作劇，一個陰謀？他一時弄不清楚。但當所有方法都不奏效時，這瓶血液不啻重燃了希望。

反正測試血液並不困難，儘管一試吧！他把血液的抗體分隔開來，把其中一小部分混進盛有物質X的試管內。

咦？發生什麼事了？混濁的試管，不消一分鐘，竟變得清澈如鏡！機器的數據顯示，試管內物質X的含量，從高位急降，降至無法量度的水平。

嘉薰醫生心中大喜，這劑血清可以遏制物質X！危急關頭，上天竟預備了最好的禮物！這血液是救星！他的心卜卜地猛跳，阿Wing有希望了！

但這只是初步發現，他必須把血液樣本提煉、消毒。嘉薰醫生一邊等待結果，一邊把消息通知R和阿漆，同時還要跟進一些事情。

當他放下電話，忽然感到天旋地轉，耳朵發出「嗚——嗚——」的尖聲，呼吸和心跳都不暢順，「卜」地一聲便倒下去。

「嘉薰醫生——」楚醫生剛回來拿樣本，但見嘉薰快要昏倒的模樣，連忙上前扶他，發現他的脈搏急促而不規律。

「好暈…… 苗疆蠱毒……」嘉薰醫生指着血清，聲線微弱的説：「楚醫生，快研究血液。這是解藥。」説完，便昏厥過去……

3

阿Wing的生命，靠儀器和藥物維持；嘉薰醫生躺在病牀上，雖然暫時沒有性命危險，卻陷入昏迷。

苗疆蠱毒同時威脅兩人的性命，楚醫生無暇推敲嘉薰醫生如何中毒，現在先穩定他的情況，觀察身體變化。他匆匆趕回實驗室，按吩咐把桌上的血液樣本取來研究。

他把一小部分的血清，注入一隻瀕臨死亡的老鼠體內，靜觀其變。

那老鼠在膠箱子裏幾番掙扎打滾，顛簸跌碰地爬起來，踉踉蹌蹌地行走，不過幾小時後已在吱吱地叫。

怎會如此？這是苗疆蠱毒的神奇解藥呢！楚醫生不明白內

裏成分，只覺難以置信，嘉薰醫生和阿Wing救治有望了。

前路一下子光明了，下一步他要在最短時間內，為解藥進行另一項測試，以製造疫苗。

解藥經測試、再測試，他認為安全可靠了……

翌日，他為嘉薰醫生注射藥物，又把血清送到深切治療部，為阿Wing寫下處方。

血清透過阿Wing的靜脈進入體內……

三天後，阿Ken、阿漆、Ada和露絲聯袂到醫院去，先探望阿Wing，再到嘉薰醫生的病房問候。雯剛離去不久，她為嘉薰醫生布置的一瓶鮮花，在窗台上散發着芳香。嘉薰醫生坐在窗前閱讀《再見真生》，憶起當日救治真生的經過，書中有些細節，讓他把本來不明白的事情理清了，也略知阿Wing失去真生的打擊。他看得投入，憐惜真生之餘，更痛恨金大芝的殺人行為。

嘉薰醫生的氣息不錯，看見四人到訪，高興地放下書本，招呼各人坐下。眾人寒暄一番，把話題從阿Wing毒發開始，很快轉到金大芝的生死。

「日本方面，已再三查證，他們沒金大芝的屍體，也沒有她的死亡紀錄。」露絲道。

嘉薰醫生點頭，若有所思，「那麼，金大芝可能尚在人間。」

「沒可能，沒可能。當時，她反手抵着牆壁，雙目瞪着無神，倒在血泊中，必死無疑。」阿Ken走到牆邊，表情十足地重演金大芝中槍的模樣，最後躺在地上抽搐一下，逼真地交代了事發經過。

「她右胸中了我的鏢刀，左胸被阿Ken的雪茄槍射中。」阿漆附和，用指頭對着自己的心臟位置，說：「子彈直穿心臟，還活得了嗎？」

「但是，上次阿Ken要射千面人的頭，還不是打中他的右肩？」Ada質疑阿Ken的槍法。

「不關我事，那槍…… 管是歪的！」阿Ken從地上爬起來，拍拍褲襠，「結果，不是同樣射中目標麼？」

露絲咬着指頭，道：「不知怎的，我總覺得金大芝這人非常命硬，沒那麼容易死掉！我有時覺得，她就在我們身邊。」

「別説得這麼恐怖吧，拜託。」Ada毛管直豎。

嘉薰醫生凝神地説：「金大芝沒死，不無道理。苗疆蠱毒沒法化解，要在世上找到一個對毒素產生抗體的人，難若登天。但那瓶來歷不明的血液，確實含有抑制苗疆蠱毒的抗體！血液若不是金大芝的，還會是誰？世上還會有人比她更『毒』嗎？」

「為什麼你認為那瓶血液是金大芝的？」露絲問。

嘉薰醫生補充道：「金大芝終日與毒物為伍，自己卻沒有中毒，只因體內有化解不同毒素的抗體。正是這抗體救了阿Wing一命。」

露絲追問：「如何證明這個推論？」

嘉薰醫生無奈地擺擺手。

不過，Ada、阿漆和阿Ken在旁「吱吱喳」、「吱吱喳」一輪後，阿Ken舉起食指，以一副權威口吻説道：「要證明金大芝是否已死，其實一點也不困難！如果血液來自金大芝的話，就有她的基因。」

阿漆接着道：「如果血液有金大芝的基因，就證明她沒死。」

Ada搶着總結，説：「簡單的邏輯推理。嘉薰醫生，請你比對一下血液的DNA——『脱氧合桃核酸』。」

「是脱氧『核糖』核酸。」嘉薰醫生指正他，並氣定神閒地反問：「三位，要比對，就需要金大芝的DNA。試問誰有她的DNA呢？」

嘉薰醫生一語道破，阿Ken和Ada無言以對。

「不過……」阿漆的腦筋轉得快，他站起身，故作神祕地取出一份報紙，放在茶几上，「我還有另一項證明金大芝沒死的佐證。請讀頭條新聞。」

大家不解地圍上前，報紙頭版的大字標題寫着：「社團聯誼晚宴，三十多人集體中毒，半死半垂危」。

嘉薰醫生問：「這則報道，跟金大芝有何關係？」

「這消息是我們要警方封鎖的，那個社團是五毒門。」阿漆進一步解釋：「五毒門上下都精於用毒，能毒害他們的人，世間上屈指可數？」

阿Ken拍一下大腿，說道：「金大芝的作風，有仇必報，報必狠毒。五毒門擄拐金英，金大芝便還他們一次滅門之禍。」

「也許是金吉爽所為。」嘉薰醫生提出另一可能。

阿Ken胸有成竹地說：「這個可能，已排除了。」

「這話何解？」露絲問。

「幾天前，我在東莞找不到阿Wing，回程時路經廣州，遇見一個國安局的朋友。他告訴我，剛捉到一個國際犯罪分子，你們猜哪人是誰？」

「金吉爽？」阿漆問。

「對！金吉爽跟金英失散後，不多久就被關進廣州的拘留所。」

嘉薰醫生輕歎一聲，說：「如此說來，五毒門這宗兇案，金大芝的嫌疑最大了。她有能力，也有動機。唉！這人濫殺無辜，太過分了！」

露絲沉吟道：「即使金大芝沒死，我仍有一個疑問。她跟阿Wing勢成水火，千方百計要置阿Wing於死地，沒理由在最後關頭主動獻身，願意交出血液，救回阿Wing的性命。」

嘉薰醫生也感疑惑，「這……難以解釋。阿Ken、阿漆、Ada，你們有何高見？」

Ada、阿漆和阿Ken又在吱吱喳、吱吱喳、吱吱喳，一聲「這很簡單」後，Ada說出結論：「可能性倒也不少。第一，老鼠愛上貓。金大芝愛上阿Wing，下不了手。」

阿Ken道：「或者，一旦阿Wing死了，金大芝變了超級無敵掌門人——無敵是最寂寞，最是痛苦……」

阿漆道：「又或者，金大芝阻止阿Wing死後和真生相見，令他們陰陽永訣，不想成全他們。這夠狠毒了吧？」

「噓——」露絲作勢要打阿漆的嘴巴，「這時候談真生，小心給R聽見。」

「對呀……」Ada偷眼回望房門，壓低嗓子道：「聽說阿

Wing半昏迷時，握住R的手喚了真生的名字，R很傷心呢！」

阿漆自摑一下嘴巴，閉口不語。五人的討論就這樣胡亂地結束，像許多沒有結果的討論一樣。

金大芝是否真的死了？她的屍體在哪裏？如果她沒死，下落如何？那瓶血液屬於她的嗎？即使留下解不開的謎，阿Wing的身體，卻康復得很好。

嘉薰醫生不再探究這些問題，不像以往那麼執著於找答案，非要查個水落石出不可。正如Gigi十多年前離奇失蹤、惠宜和金英擅自出院一樣，大概也不會找到解釋。

雯説得對，只要做好本分，把一切交給上帝吧！

4

窗外天色蔚藍，臨窗的草地上，長了一株高大的銀杏，葉呈扇形，樹如蒲扇，綠影橫斜，樹冠幾達三樓窗台。R悠閒地坐在窗台之上，蹺腿，膝上放着筆記本電腦。

病牀靠着窗子，阿Wing睡在窗下。三天前，給他保命的幾台儀器都給移走，只餘插在臂上的一袋鹽水點滴。阿Wing睡得安穩，R的心比前踏實，不過，尚有心事教她耿耿於懷——真生。

理智告訴R，她不該吃死者的醋；理智也告訴她，阿Wing是重情重義的俠士，他忘不了真生，她該理解和尊重。可惜，女人是感情的動物，舉凡牽涉感情的問題，理智往往派不上用場。

R也是女人，她愛阿Wing，情感上容不下阿Wing心裏存着第三者。真生已死也好，活着也好，容不下就是容不下，她不會勉強自己故作大方。R從前不認識真生，真生和阿Wing的事，她只是間接再間接地聽聞。如今，她需要了解這個「情敵」了，昨晚便特意翻查紀錄，看看真生是個怎樣的人。

R在資料庫裏找到一份不起眼的檔案，原來阿Wing和真生在戈壁沙漠曾有一段歷險，由於不屬於特工組織的任務，檔案管理員把它歸類為「次級參考備分」。R把它下載到筆記本電腦。現在，趁阿Wing睡午覺，她開啟檔案，坐在牀邊細細閱讀……

5

信紙上的筆迹

失蹤病人遺下書信，揭示獲救真相。

1

嘉薰醫生的病情已無大礙，精神很好，再觀察一天就能出院。病牀上的他仍不忘金英的病情，擔心她擅自離院，可有影響身體康復。

晚上，何Sir來探病，嘉薰醫生問：「你們找到女孩的下落嗎？」

「那女孩，原來是被人擄走的！」

「啊！」

「我們翻查醫院的閉路電視，發現容惠宜拐走了金英。」

「奇怪！金英不是幾歲大的小孩子，她怎麼沒反抗？所有出口通道都有保安員當值，只要她稍作反抗，即可驚動保安員。容惠宜沒可能無聲無息地拐走金英吧。」

「好不奇怪！惠宜是牽着她手離開醫院的。唔，總覺得這容惠宜很可疑。」何 Sir壓低嗓門，挨近説：「警方還發現，她登記入院的身分證是假的。真正的容惠宜早在三個月前遺失了身分證，由於她長期在國內工作，上星期回港才向入境處報失。」

「真是人有相似。身分證上的照片，不可靠。『容惠宜』誘拐女孩，又盜用他人身分證，犯了刑事罪，你們準備緝拿她吧！」說到「容惠宜」處，嘉薰醫生舉起兩手的食指和中指，在空中點了點。

「有一件事更離奇。我們嘗試追查這拐子的身分，但無論在醫院的病牀、廁所、多個扶手，甚至乘升降機離開時必須觸及的按鍵，都無法套取她的指模。她明明沒戴手套，指紋怎可能這麼快就消失了！」

「世事無奇不有。」嘉薰醫生納悶。

何 Sir離開後，嘉薰醫生覺得事有蹊蹺，遂拿出紙筆，寫下案件的疑點：

「容惠宜」的身分未明。

「容惠宜」擄走金英，金英是金大芝的女兒。

真假「容惠宜」樣子相似。

「容惠宜」沒有留下指模。

他想了半晌，心「格登」一下，如果用「金大芝」取代「容惠宜」，一切就有了解釋。金大芝曾在東京整容，用尖端科技改頭換面，企圖瞞天過海。她的易容技術相當了得，而皮膚更曾移植換掉，哪有指紋可言？

如何證明這推測呢？

嘉薰醫生想起Ada那個「脱氧合桃核酸」提議，靈機一動。「容惠宜」住院期間曾抽取血液，樣本還留在血液科部門；而「金大芝」的血液仍在楚醫生手中。只要比對兩者的基因，就知道「容惠宜」是否金大芝。

明早出院定要察查，想着想着，嘉薰醫生安心地關燈睡覺。

第二天，在病理部實驗室，嘉薰醫生桌前早擺放着「容惠宜」和「金大芝」的血液樣本。

上葵涌。

巡邏的時候，pc1234向總部呼叫：「pc1234，收到嗎？Over, Over。」

「pc1234，警署清楚收到。Over。」

「我和pc2017『行咇』，發現相信是可疑人物『容惠宜』的蹤跡。Over。」

「請提供位置。Over。」

「和宜合道53號。『容惠宜』正轉上益力多大廈，我和pc2017正上樓跟蹤。Over。」

「增援警員兩分鐘內到達。Over。」

「『容惠宜』打開了三樓單位B的門。Over。」pc1234的嗓音壓得很低。

「小心行事。不要危及女孩。Over。」

「……」

「Over？」

「……」

「Over。Over。pc1234，請回覆。」

「……」

「Over。Over。pc1234、pc2017，請立刻回答。」

「……」

五分鐘後，和宜合道53號益力多大廈三樓B單位門前。

「咚！」

「咚咚！」

敲了木門幾次，仍沒有人回應。

何 Sir使了個眼色，兩位警員提起手槍，一左一右地在大門兩側戒備，準備破門而入。何 Sir後退兩步，背後有三個警員舉槍瞄準大門，作為掩護。

「砰——」何 Sir肥壯的身軀撞向大門，大門轟然被撞開來。

大廳地上，躺着pc1234和pc2017。

何 Sir一臉驚愕，大聲吩咐：「召救護車，召嘉薰醫生！」

病理部實驗室裏，嘉薰醫生對着金大芝和「容惠宜」的基因圖譜，倒抽了一口涼氣。

電話響起。

2

嘉薰醫生抵達現場時，何 Sir和警員正翻查大廈的閉路電視，顯示「容惠宜」在警方增援到場前兩分鐘，已從後樓梯離開大廈。

「派人馬上追捕！」何 Sir發號施令。

pc1234和pc2017漸已蘇醒過來，神志仍迷糊，他們坐在沙發上，準備給送院檢驗。兩人只依稀記得，「容惠宜」突然出現，把手一撥，就叫他們昏倒下去。

這單位不大，也沒多少東西，只有一些簡單的家具，房裏放着一張牀。

「嘩，嘉薰醫生，你來看！」何 Sir在廚房裏大叫：「屋主賣中藥的！」

嘉薰醫生打開鍋蓋，傳來一陣濃烈的苦澀味，鍋裏是煮好的藥材。廚房的櫃子裏，盡是中藥和草本植物，地上也放着一堆堆捆着的植物。嘉薰醫生蹲下細看，這些植物有毒嗎？剛才從基因測試知道，「容惠宜」正是金大芝——無毒不歡的金大芝，她會否摘採植物服用，修煉毒功？

他撥電話給毒理專家楚醫生。

「嘉薰醫生，我也正要找你。」另一端傳來楚醫生的投訴，「你上次給我的洗髮水和護髮素不中用，我的頭髮掉得更嚴重了——」

「慢着，愛因斯坦，」嘉薰醫生打斷他的話，順水推舟：「我手中有一種植物，不知對生髮有沒有效用？」

「真的？本草中藥博大精深，你且説説看。」楚醫生興趣盎然。

「這植物像是藤本植物，莖子細長，還有平復的短剛毛，葉子互生……」嘉薰醫生嘗試向楚醫生形容，卻蹩腳得很，於是拍下兩張相片，借用警方的電腦傳送給他。

不一會，楚醫生致電告訴嘉薰醫生：「它的種子呈橢圓形，少數近乎球形，長五至七毫米，直徑三至五毫米，表面紅色。種臍凹陷，白色，呈橢圓形；位於腹面的一端，周圍呈烏黑色，佔種皮表面的三分一至四分一之間；種脊位於種臍的一端，呈微凸的直線狀。」楚醫生說得很專業，一語道出種子的特徵，並總結道：「這是相思子。」

「相思子有什麼特性？」

「它和蓖麻相似，有相當毒性，不宜服用，吃了會致命的。」楚醫生頓了頓，「但我看，還有另一種植物的毒性更強，它放在相思子的旁邊。你哪來這麼多有毒植物？」

嘉薰醫生沒有回答，只管發問：「那是什麼？」

楚醫生巨細無遺地先說植物的特徵：常綠木質藤本，枝光滑，根灰棕色，單葉對生，葉呈卵形或卵狀披針形，長四至八厘米，寬二至四厘米，頂端漸尖⋯⋯花小，呈黃色，花冠漏斗形，叢生於枝頂，三叉分枝⋯⋯莖圓柱形，外皮灰黃色至黃褐色，具深縱溝和橫裂隙等…… 嘉薰醫生聽得一頭霧水，直到楚醫生說：「這是香港四大毒草之一，有劇毒，只可外敷，不可內服。因它能抑制中樞神經，導致肌肉弛緩無力，吞嚥困難，心律緩慢，呼吸肌肉麻痹，昏迷，短時間內致命。」

嘉薰醫生難以相信，這些看似普通的植物，竟含致命劇毒。他追問：「那叫什麼？」

「它的學名是『鉤吻』，許多人叫它『斷腸草』。」

「斷腸草？在金庸小說《神鵰俠侶》出現過的植物？」當時楊過中了情花毒，痛不欲生，幸虧情花園裏的斷腸草救了他。嘉薰醫生想不到武俠小說中的植物，竟出現在眼前。

「對。這種草藥毒性強，相傳神農嘗盡百草，就因誤嘗斷腸草而死。神農有透明的肚子，能清楚看見自己腸道的情況。他遍嘗百草，尋找能解除民間疾病痛苦的藥材。有一次他發現了一種葉片相對而生的藤，藤上開着黃色小花，就摘下放進嘴裏，怎料腸子就此截斷了。所以，我常勸人別胡亂服用山草藥。你不妨把樣本帶回來，給我化驗吧。」身為毒理醫生，楚醫生常提醒人小心飲食。

金大芝不要命了，既煲相思子，又熬斷腸草。嘉薰醫生問：「吃斷腸草能否中和相思子的毒？」

「哈，別開玩笑。兩種毒物一起服用，不死才怪。以毒攻毒？武俠小説才有的橋段。」楚醫生大笑。

嘉薰醫生匆匆向楚醫生道謝，知道沒什麼事要自己跟進，便到廚房交代了一些事，然後準備離去。何Sir指揮鑑證科人員把相思子藤和斷腸草包起，準備給病理部楚醫生送去。

回到車裏，嘉薰醫生拿起司機座位旁的一封信。這信是他剛才離開醫院，經過信箱時發現的，由於當時要趕抵案發現就信手把它放在車裏。

信的封面寫着：「給嘉薰醫生」，他把信打開，信上的字體似曾相識。

嘉薰：

你很聰明，現在該已發現我的真正身分吧。

我這趟回到香港，只為了與女兒團聚。我託師妹到北韓接金英從陸路來港與我會合，可惜橫生枝節，金英中途給五毒門那兩個混蛋擄走。我不得不承認，若非阿Wing出手相救，金英難逃毒手。五毒門已遭懲罰，可說是罪有應得。

說來好笑，那個槍法甚差的阿Ken，一槍打不中我的心臟，卻打傷了我的經絡。經絡受創，影響了毒功，我已不再百毒不侵。對金大芝來說，連相思子也承受不了，是一種恥辱。諷刺的是，精於用毒的金大芝，竟也會中毒，還好，急診室的醫生並沒有驗出是相思子。但也因為我輕微中毒，才可在大嶼山街頭與你再遇，還被你救了！我不會忘記你抱着我去醫院的情形，十多年後還給我一樣的感動。

嘉薰，我很矛盾，一方面很高興與你相逢，另一方面又害怕見你，更怕讓你認出來。你的改變令我驚訝……十多年前我離開你，取道山東到北韓，為的是要殺死毒害媽媽的父親。我在北韓當上特工，不得不跟你分道揚鑣——因為我不再是那個你認識的Gigi，也不再懂得面對你了。

我恨阿Wing，阿Wing也恨我；我殺了她的最愛，但他偏偏救了我最心疼的女兒。

在醫院的那夜，金英問我能不能救阿Wing。我猶豫不決，該不該為女兒做一件事？

後來，當我看見你為了救阿Wing，日以繼夜、廢寢忘食地忙着，我竟心有不忍；而你也因刺傷自己而中了苗疆蠱毒，我的心揪住了。這才真正明白，我着緊的是什麼。

嘉薰，也許這是我最失敗的地方。當我以為可以豁出一切時，竟發現自己還那麼在乎…… 我把全身皮膚都換掉了，卻仍在乎膝蓋上留下的那漸淡的疤痕。

我把血液交給你，算是我們一起對抗「物質X」吧！一起做一件好事，很有意思呢！我恨阿Wing嗎？也許還有恨意，但我知道生命中有些東西比恨重要。

放棄恨怨的還算金大芝不？真可笑！但我始終慶幸，在香港做了一件叫我感到釋放的事。謝謝你，嘉薰。

知道你準備檢驗我的DNA，這地方我不能久留了。再見。正如上次一樣，你不會知道我的去向。

Gigi

嘉薰醫生心神震盪，手有點發抖，好一會才回過神來。

Gigi！金大芝果然就是整容後的Gigi！

面前娟秀的字體，和Gigi的字迹太相像了。他記起「容惠宜」的眼神，但無法想像她就是心腸狠毒的金大芝、昔日那個聰穎可人的Gigi！以往的片段交織在一起，叫他頭昏腦脹。

他吁了一口氣，把信再閱讀一遍。這些字體他熟悉不過，也曾晝夜懷念它的主人；但當事實來到眼前，卻又覺得那麼不真實。嘉薰醫生細觸信紙，想起還在家裏那張來自青島的明信片——都是書信，怎會如此陌生？

嘉薰醫生感到迷惘，重遇Gigi是可喜，還是可悲？他不打算深究這問題，大概一切已不重要了。在他心中，Gigi在十多年前已一去不返，留下只有亮麗的眼神和真切的笑靨——都是他珍貴的記憶。

車子啟動，忽地，他想起雯的生日快到了，今年可別忘了給她買禮物。

「鉤吻」，又名胡蔓藤、斷腸草、山砒霜等，全株有毒，尤其根和葉的毒性最大，是香港四大毒草之一。

這植物生於海拔 500-2000米的向陽山坡、路邊草叢或灌木中，主要分布在浙江、江西、福建、湖南、廣東、廣西、海南、貴州、雲南等地，台灣和香港也有它的蹤跡。

鉤吻具鎮靜鎮痛和抗炎作用，有藥用價值，對疥癩、濕疹、癰腫、疔瘡、風濕痹痛和神經痛等，都有療效；但鉤吻含劇毒，只宜外敷，不可內服。人中了毒可於數小時內呼吸麻痺，導致死亡。

鉤吻中毒原因多由於誤服，或混淆其他野菜煮食。

2007年10月，《香港急症醫學期刊》(*Hong Kong Journal of Emergency Medicine*)記載了本地一對六十多歲的夫婦誤服鉤吻險些送命的病例。兩人為了醫治濕熱，在鄉間採摘野草，卻誤將鉤吻當作無毒的「玉葉金花」，一併煮食服用。半小時後妻子全身無力，噁心不適，一小時後更陷入昏迷。而她的丈夫則出現暈眩、乏力和嘔吐，幸及時求救將二人送院。在他們的尿液和胃液樣本中，經「層析法／光譜測定法」(liquid chromatography / tandem mass spectrometry) 分析，確診為鉤吻中毒。而在夫婦家中找到的草本植物，也證明是鉤吻和玉葉金花。

一般人很難分辨植物有毒或無毒的，因此，別胡亂在山間採摘野草、植物食用呀！

由　：梁科慶

陳嘉薰

致　：讀者

事由：忠告

讀畢整本小說方可翻看以下文字。

你若一意孤行，不理忠告，定必大大削弱閱讀這本小說的樂趣，輕則索然無味，重則抱憾終生。相反，看完小說，再看這篇文字，你會更加了解我們創作時的心路歷程，明白寫小說的「好玩指數」不亞於看電影、玩online game……說不定，你會躍躍欲試，執筆或打開電腦，與我們一起crossover，延續這個未完的故事。

跋

梁科慶

「我想寫金大芝。」在決定crossover後不久，Gavin道出他的構想。說時，他的語氣肯定而堅持。

我婉轉地說：「可是，金大芝給我『寫死』了。」

金大芝是「Q版特工」系列裏一個頗為出眾的角色，外貌美艷，卻心狠手辣、口蜜腹劍、渾身是毒。在《北韓危機》中，甫出場已令人眼前一亮；經過《奪命潛航》一役，我把她「寫死」了。

金大芝的死，有着雙重意義：第一，一般的生命終結；第二，這個角色在我筆下已沒發揮的空間。基於「見好就收」，我便在《再見真生》以她的死作為小說的收結。

「她沒死，你在《再見真生》裏，只寫她在中槍、中刀後，緩緩倒下。」Gavin果然做足功課，「倒下，不等於死掉。」

那好，不死就不死吧；然而，我還是擔心，「金大芝這角色還可以寫下去嗎？」

「她渾身是毒，殺人於無形，如此厲害的角色，死掉太可惜了。她在小說世界裏仍然大有可為……」Gavin看來滿肚密圈。

「她若不死，會做些什麼？」

「找阿Wing報仇。」

又是報仇？橋段雖膩，但我沒有更好的建議，惟有改問：「金大芝找阿Wing報仇，如何跟嘉薰醫生扯上關係？」

「阿Wing中了金大芝的毒，尚未治愈，仍然耳鳴、頭暈。我們讓嘉薰醫生醫治他。唔，治毒需要含有抗體的血清，金大芝長期接觸毒物，日積月累，她的血液裏必有抗體。」Gavin滿有把握地輕拍一下桌面，「小說的結局，金大芝放下一瓶自己的血液給嘉薰醫生，飄然而去。」

我一直留心聆聽，故事的確有看頭，承接Gavin的思路，我說：「金大芝願意交出血液，並非全然為了阿Wing。她跟阿Wing勢成水火，恨不得他毒發身亡，不會主動解救。所以，她交出血液是為了嘉薰醫生。我們可以安排嘉薰醫生醫治阿Wing時，也受感染。」

「然而，心腸歹毒的金大芝為什麼要救嘉薰醫生？」輪到

Gavin思路一時阻塞。

「金大芝愛上嘉薰醫生。她在日本沒死去，自然有人搭救，我們乾脆寫嘉薰醫生在日本無意中救回金大芝，金大芝深受感動，愛上救命恩人吧。嘩！酷極了！」我愈想愈離奇，「嘉薰醫生愛上金大芝，一個惡毒女人跟一個善良男人的愛情故事。」

「不行不行……」Gavin連連搖頭，「嘉薰醫生只愛雯一人。」Gavin對愛情的執著和認真，連筆下的主角同出一轍。

就這樣，我們首次討論一來到嘉薰醫生的「愛情關」，就遇到「大堵車」，不得不煞車停下。

我和Gavin都是少說話多做事的人，尤其創作小說，支離破碎的意念，無論你說得怎樣天花亂墜，也屬空言，與其胡亂「吹水」，倒不如付諸行動，把意念寫在稿紙上。所以，我們商議過後，回家閉門造車——我寫阿Wing，他寫嘉薰醫生，雙線發展，各寫一段故事，嘗試穿插整合，且看效果如何。

回家後，我立即動筆，將阿Wing的迷惘化成文字。阿Wing自知大限將屆，藥石無靈，於是逃離醫院，發瘋似的到處捉賊，以近似自虐的行徑發泄內心的鬱結。他大鬧葵涌警署，擺脫阿漆和R的追纏，回到兒時練武的荒山，坐在師父的故居門前發呆，睹物憶舊，卻意外被塌下的屋簷埋住。

這段故事，可用作小說的開端，也可作為中段，鋪排甚具彈性，可說是「百搭」情節。至於如何發展下去，則視乎Gavin了。不過，Gavin向來慢工出細活兒，那時候，我還以為他在慢慢琢磨，遂把初稿電郵給他，算是拋磚引玉，給他一點腦震盪。

等了三天，Gavin有回音了。

Dear Forhing,

Wow ! What quick feats and a good start ! I will fuse your chapter and my story together, and forward an update hybrid later this month.

I have sketched the beginning of Dr Gavin's 'encounter' with Kim. I think as we go farther into the story, we may need more discussion about how to proceed. Anyway see how we go.

For the time being, would you please carry on with your part ? I will try to hurry.

Regards,

Gavin

看罷Gavin的回覆，我不好意思催促他，惟有暫時擱筆，且看他如何處理嘉薰醫生和金大芝的「邂逅」。

詎料，三天後，我收到Gavin一份二萬多字的稿件。我登時嚇了一跳，奇怪Gavin何時變成「快槍手」？後來才知道，他為寫小說，特地向醫院請了幾天假，躲在家裏埋頭苦幹。

我急不及待讀了一遍。

原來，金大芝是嘉薰醫生的初戀情人，後來分開了，嘉薰醫生認識金大芝在先，巧妙避過對雯不忠的「心理關口」。而且，Gavin細膩地描畫二人在醫學院裏互相砥礪，純情又健康，不沾半點愛生愛死，嘉薰醫生的初戀本該如此。另外，嘉薰醫生為阿Wing急救的一段，Gavin寫得緊湊逼真，明知阿Wing死不了，我亦看得手心冒汗。

我不敢怠慢，馬上動手，順着Gavin的故事，把阿Wing的部分穿插其中，並對Gavin所寫的阿Wing作大筆修改。Gavin終究不是Q版特工的原創人，他寫的阿Wing形似神不似。而我相信，要是由我修改的話，他不會介懷；同樣地，對於我寫的嘉薰醫生，我也請他不用留手。

合作的基礎，在於互相信任和尊重，我們完全做到了。

兩天後，我把延續的故事和經修改的部分，一併電郵給Gavin，並補上一些建議，尤其結局，對金大芝中毒身亡的意見：

嘉薰：

1. 金大芝殺父一段，非常好，突顯此人的性格殘忍。難得想到一個令金大芝「死而復生」的法子，我不忍再使她死去，她畢竟是個出眾的角色。最後的部分可否改一改？
2. 前面大致沒問題，只是阿Wing的反應，這集阿Wing一直很酷，不說笑話。這部分交給我來改。
3. 我現在寫到：阿Wing無意中救了金大芝的女兒金英。金大芝託師妹金吉爽到北韓帶金英來香港團聚，金英卻在廣州被拐，及後遇到阿Wing相救。結果，金大芝的矛盾——她殺掉阿Wing最愛的人，阿Wing救了她最愛的人；加上嘉薰不慎中毒，她不能不交出血清。

科慶

金英這角色，是我偶然想出來的。金大芝回來，不是找阿Wing報仇，只為與女兒團聚；陰差陽錯，阿Wing救了金英，使金大芝和阿Wing之間的恩怨情仇，愈加糾纏不清。如此安排，故事的深度較單純的報仇，更上一層。

Gavin同意我的看法，當日便回覆電郵，表示贊成。

科慶：

勁！矛盾掙扎處處！

我們可以講阿Wing等人找到金大芝的藏身處，但人去樓空，金大芝以為自己命不久矣，給嘉薰醫生留下一封信。

至於她最後死了沒有，在另一本書會否出現，可以任由發展——她可以中毒身亡；又可以像楊過一樣，以毒攻毒一輪竟好起來！不知意下如何？中毒部分可以交給我修改。

嘉薰

如是者，我們各自寫了兩天，然後，我突然想到一個新方向，不知是否可行，立即把構思告訴Gavin。

嘉薰：

我剛寫到金大芝的女兒金英中了五毒門的暗算，身中蛇毒和蜈蚣毒，阿Wing抱她往醫院，當然就是容惠宜留醫那間。後來，惠宜和金英一起失蹤。金大芝（即惠宜）定設法為金英解毒，會不會以毒攻毒？這情節發展下去，能否跟你的思路接軌？

科慶

Gavin的回應，教我放心極了。

科慶：

嘩，咁都得？你真行！你可以放心寫，我想金大芝自有辦法的！再不的話，就像《千面殺機》一樣，把結局懸空，我們再寫下一本，哈哈！

嘉薰

而我，當然「舉腳贊成」。

嘉薰：

多寫一本，求之不得！不過，我們還是先寫好這本。我現在進展良好，我把你的部分裁剪，再融入我的部分，有頭有尾，互相銜接，感覺相當完整，下星期可以給你看。

科慶

金大芝死而復生，令我憶起真生。我問自己：「金大芝能，為何真生不能？在小說世界裏不是無所不能的麼？」

當然，作者仍有作者的限制，不能踰越小說的內在邏輯，不該對小說的發展作出不合理的干預。讓真生神蹟一般地復活，我寫不出來。然而，過世的真生與在世的R，阿Wing愛誰多一些？這倒是一條有趣的問題，恐怕連阿Wing本人也答不來。想到這裏，我寫下阿Wing躺在牀上執着R的手，迷迷糊糊地喊出真生的名字。對於這一段，Gavin的意見是肯定的。

科慶：

你真厲害，三兩下手腳就把故事的情感線和血肉豐富了！看來下一本Q22，如果不是愛情小說的話，讀者很難放過你！:)

我已完成結局，又輪到你了，請隨便增刪。我把你寫的部分一起改動，用紅色highlight；也看過你以前的書，阿Wing應該用大草的。

這本書很好玩，叫我長了不少見識呢！

嘉薰

就在阿Wing執着R的手喊真生之時，我已靜靜「另起爐灶」，抓住那一刹的傷感，延伸另一個阿Wing和真生的故事。故事的開端是：R坐在阿Wing牀前，捧着筆記本電腦，閱讀真生的檔案……

不過，我並沒放鬆與Gavin的crossover，翌日，我把修改好的稿件電郵給他。

嘉薰：

又輪到你了。

我們兩人各自閉門造車，寫出這個效果，可說是一個小小的奇蹟。我沒想過會如此快和順利。我在第四稿作了輕微修改，請過目。

你是否刪除了嘉薰醫生割傷手的那一段？我找不到。那段很好啊！請考慮保留。

科慶

幾小時後，我們的定稿終於落實了。

Forhing,

Wow ! I have gone through the story and find the changes okay. There are two minor changes in the final letter by Kim. If you have no objection, would you please forward the story to Breakthrough editors, cc to me ? Thank you for sharing with me an inspiring journey of writing !

Gavin

由我電郵那份百搭情節給Gavin起，至我們交稿給突破，前後僅僅用了二十三天，稿子來回修改亦不超過五次，過程既快捷又順利。Gavin說得不錯，真是一段inspiring journey呢！

梁科慶電郵，歡迎聯絡：

forhing@gmail.com

「Q版特工」與「嘉薰醫生」

創作10周年，文字世界的精彩歷奇！

感謝您選了這本書，閱讀以後，
您有沒有一些啟發，一些感想？我們期望您的聲音。
請登上 **www.btproduct.com/book**，
在「讀者回應卡」頁面內填寫。謝謝。

飛翔專號系列最新書目

《隱市狂徒》 梁科慶 陳嘉薰

狂徒連連在旺角高空擲物，死傷無數；嗜血鏹水彈下，全城恐慌。
嘉薰取不到指紋半個，阿 Wing 給耍至暈頭轉向，這俠義夢幻組合，如何從盲女口供疑點，窮追猛打，伏妖降魔？……

歷奇小說

書名		版次	作者
嘉薰醫生 7	移兇	初版2刷	陳嘉薰
嘉薰醫生 6	三重隱形殺手	初版2刷	陳嘉薰
嘉薰醫生 5	槍火魔蹤	初版3刷	陳嘉薰
嘉薰醫生 4	死亡密碼	初版3刷	陳嘉薰
嘉薰醫生 3	黑色恐怖郵包	初版4刷	陳嘉薰
嘉薰醫生 2	複製人魔	2版4刷	陳嘉薰
嘉薰醫生 1	千年奪命病毒	2版4刷	陳嘉薰